괴물
포식자

괴물 포식자 11

철순 장편소설

초판 1쇄 찍은 날 § 2017년 2월 2일
초판 1쇄 펴낸 날 § 2017년 2월 9일

지은이 § 철순
펴낸이 § 서경석

편집 § 김경민

펴낸곳 § 도서출판 청어람
등록번호 § 제387-1999-000006호
등록일자 § 1999. 5. 31
어람번호 § 제1-2621호

주소 § 경기도 부천시 부일로 483번길 40 서경B/D 3F (우) 14640
전화 § 032-656-4452 팩스 § 032-656-4453
http://www.chungeoram.com
E-mail § chungeorambook@daum.net

ISBN 979-11-04-91190-3 04810
ISBN 979-11-04-90817-0 (세트)

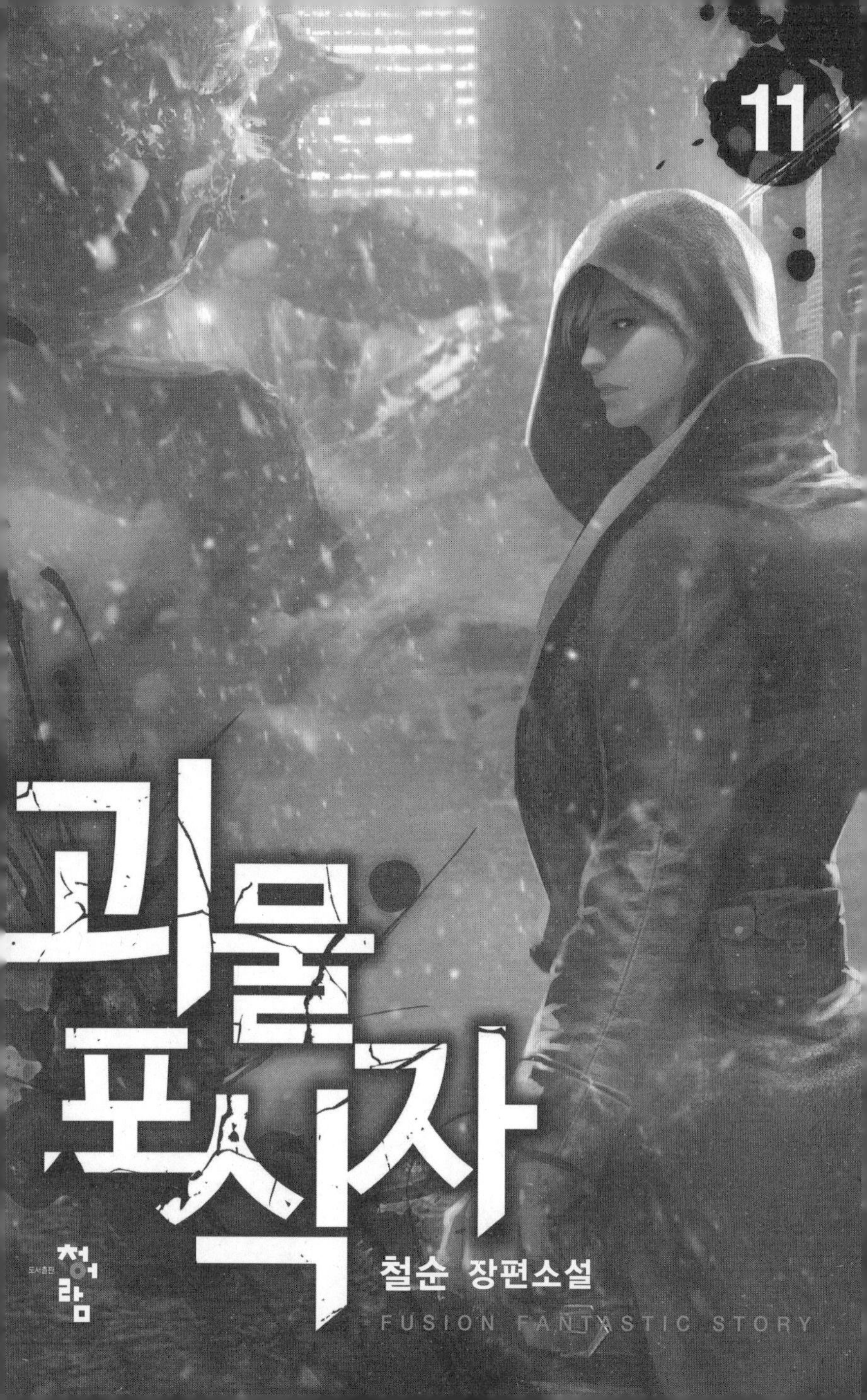
11
괴물 포식자
철순 장편소설
FUSION FANTASTIC STORY
도서출판 청어람

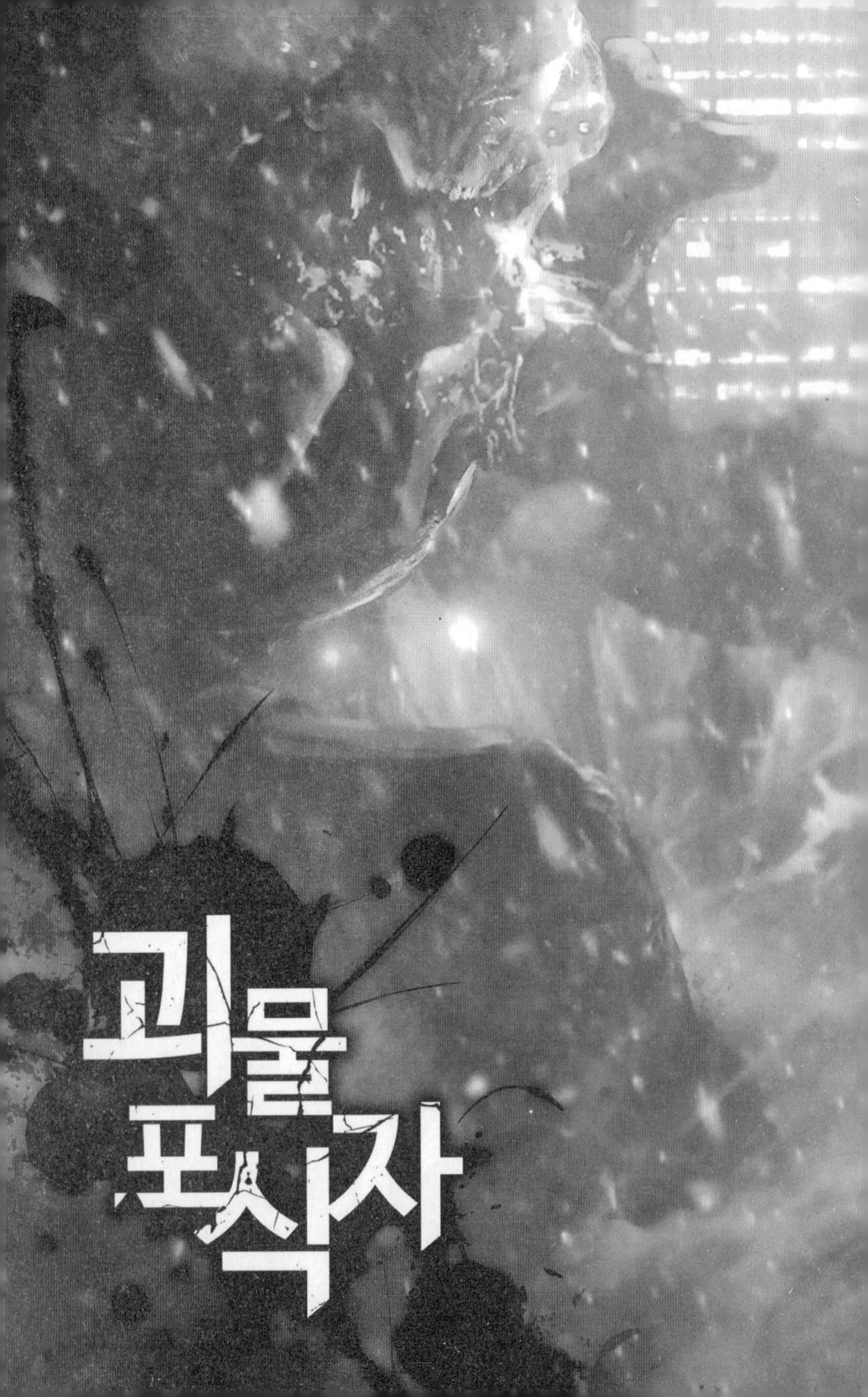
괴물
포식자

Contents

제1장

숨겨진 진실II

"제 목적은 간단해요. 마신이 자신의 욕망을 채우고자 만들어놓은 더러운 굴레를 없애는 것. 단 하나예요."

"그다음은?"

"글쎄요. 단 하나의 목적에 집중하는 것만으로도 벅차서 다음 일은 생각해 본 적이 없네요."

그그그그그!

화이트 홀이 거대해짐에 따라 간헐적으로 에르그 에너지의 파동이 터져 나왔고, 그 탓에 동굴이 흔들리기 시작했다.

길드원들의 불안감이 가득 찬 시선이 천장으로 향했지만

가이아와 신혁돈은 여전히 서로를 바라보고 있었다.

"무너지면… 바닷물이 들어차려나?"

"그러지 않겠습니까?"

"…세상에."

"그전에 형님이 차원관문을 열어주실 겁니다."

"아, 그런 수가 있네?"

윤태수와 고준영은 나름 조용히 말한다고 말했지만 워낙 가까이 앉아 있었기에 모두의 귀에 들어갈 수밖에 없었다.

가이아는 신혁돈을 바라보고 있던 시선을 화이트 홀로 던지며 물었다.

"하나만 묻는다고 하셨으면서 두 개를 물으셨네요. 그럼 질문은 끝나신 건가요? 슬슬 대비해야 할 것 같은데."

그녀의 말에 신혁돈은 고개를 끄덕인 뒤 소파에서 일어섰다. 그러고는 가이아의 시선을 따라 화이트 홀을 바라보며 말했다.

"나에게 한 말 중 거짓말이 있나?"

"없어요."

가이아는 곧바로 대답했고 신혁돈은 가이아가 아닌 길드원들을 바라보며 대답했다.

"그럼, 믿지."

자신의 의지를 말하는 듯한 모습에 길드원들 또한 고개를 끄덕인 뒤 신혁돈을 따라 일어섰다.

"백차의 차원, 그러니까 열한 번째 시련을 지키고 있는 괴물들이 올 거예요. 뒤집어 생각하면… 그 괴물들만 무찌를 수 있다면 곧바로 백차에게로 향할 수 있다는 뜻이 되죠."

"백차는 얼마나 강하지?"

"아이가투스의 1/2 정도예요. 저보다는 1.5배 정도 강하고요."

"강함의 기준은?"

"에르그 에너지의 보유량이요."

그 정도라면 충분히 할 만하다.

하이노로의 에너지를 흡수한 신혁돈은 가이아보다 모자란 에르그 에너지를 보유하고 있었지만 가이아와 전투를 한다 해도 질 것 같다는 생각이 들진 않았다.

경험의 차이가 명확하기 때문이다.

신혁돈은 지난 삶과 이번 삶 내내 괴물들과 전투를 치러왔고 백차 또한 그보다 오랜 시간을 전쟁 속에서 살아왔을 것이다.

하지만 패배라는 단어는 머릿속에 들어오지 않았다.

지휘관으로써 말을 옮기는 것과 굳은살이 박힌 손으로 무기를 드는 것은 마음가짐부터 다르기 때문이다.

"이길 수 있으신가요?"

신혁돈은 대답 대신 호수를 향해 걸어가며 불길을 피워 올렸다.

그의 몸에서 솟아오르는 불길은 금세 천장에 닿았다. 그가 호수의 끄트머리에 섰을 때 그는 이미 강신을 마친 상태였다.

길드원들 또한 가만히 있지만은 않았다.

신혁돈의 뒤에 자리 잡은 뒤 석궁을 꺼내 들어 화이트 홀을 겨누었다.

쩌적! 쩌저저적!

화이트 홀이 강신을 사용한 신혁돈이 들어갈 수 있을 정도의 크기가 되자 출렁거리던 표면이 경화되었고 그와 동시에 가뭄 난 강바닥처럼 갈라지기 시작했다.

챙그랑!

유리가 깨지듯 화이트 홀의 표면이 깨져 나갔다. 곧이어 새하얀 해골들이 화이트 홀을 뚫고 나타났다.

해골들은 인간과 뿔이 난 악마 그 중간 어디 즈음에 있는 모양새를 하고 있었으며 크기 또한 제각각이었다.

한 가지 똑같은 점이라면 가슴에 새빨간 심장을 달고 있다는 점.

"대놓고 약점이라고 알려주고 있네, 멍청한 놈들. 석궁 발사! 목표는 괴물의 심장!"

윤태수의 외침에 길드원들은 각자의 석궁에 에르그 에너지를 불어넣으며 사격을 시작했고 신혁돈은 불과 벼락에 휩싸인 채찍을 크게 휘두르며 해골들을 산산조각 냈다.

풍덩! 풍덩!

해골들은 호수가 있을 것이라 생각하지 못했는지 나타남과 동시에 호수에 빠져 허우적거렸다.

생각 이상으로 멍청한 모습에 공격하는 쪽이 당황할 무렵, 가이아의 힘이 발동되었다.

그녀의 손을 따라 호수에 담겨 있던 에르그 에너지가 움직이기 시작했고 그와 동시에 수면이 요동치며 해골들을 향해 쏘아졌다.

촤악! 촤악!

물로 만들어진 창들은 수면 아래 잠긴 해골들이 어떻게 되었지 굳이 보지 않아도 알 수 있을 정도로 매섭게 몰아쳤다.

가이아와 패러독스의 합공에 해골들은 화이트 홀을 통과함과 동시에 뼛조각이 되어 호수 바닥으로 가라앉았다.

너무나 약한 상대 덕에 길드원들의 긴장이 헤이해질 무렵, 웨이브가 멈췄다.

"뭐지?"

윤태수가 조준하고 있던 석궁을 내린 순간.

쩌어어엉!

화이트 홀이 눈이 부실 정도로 강한 빛을 뿜더니 크기를 키우기 시작했다.

"드디어 본대가 오네요."

"그럼 지금까진?"

"정찰조랄까요. 상대의 힘을 파악한 거죠. 아까 말씀드리지 않았나요? 백차는 메이지 계열의 괴물을 선호한다고."

그녀의 말이 끝난 순간, 또다시 웨이브가 시작되었다.

제일 먼저 등장한 괴물은 두 눈에서 시퍼런 빛을 뿜고 있는 스펙터들이었다.

마치 하반신이 없는 유령처럼 생긴 이들은 푸른 눈과 똑같이 빛나는 푸른 손을 지니고 있었는데 그들은 나타남과 동시에 호수로 달려들었다.

쩌저저적!

그 순간 화이트 홀의 아래부터 패러독스가 서 있는 땅 사이의 호수가 얼어붙었다.

스펙터들의 뒤를 잇는 괴물은 방금까지 등장하던 새하얀 해골들이 아닌, 살점이 조금씩은 붙어 있는 언데드들이었다.

순식간에 호수를 얼어붙게 만든 뒤 진격이라.

나쁘지 않은 판단이었다.

하지만 이쪽에는 불의 거인이 있다.

신혁돈은 한 걸음 앞으로 나서며 언월도를 높이 들었고 그의 양팔에서 솟아난 불길이 언월도를 가득 채웠다.

그리고 그의 언월도가 얼어붙은 호수를 내리찍었다.

콰과광!

기름 없이도 물에 불을 붙일 수 있다는 듯, 신혁돈의 불길은 얼음을 녹이며 가이아의 호수 위로 번져 나갔다. 호수는 순식간에 불바다가 되었다.

그 덕에 호수를 건너오던 시체들은 전부 불에 휩싸인 채 호수 아래로 떨어졌다.

신혁돈은 수르트의 불꽃이 흡수해 오는 그들의 에르그 에너지를 느끼며 미소를 지었다.

상대가 들어와야 하는 싸움에서 지형적 이점을 취한 채 전투를 시작하는 것은 천군만마와 같은 효과가 있다.

지금 상황이 그러했다.

상대는 좁은 입구를 통해 이쪽 차원으로 넘어와야 하는데 그 입구가 포위되어 있는 상태였다.

이런 경우, 한 번의 공격으로 포위망을 뚫어내거나 진형을 파괴한 뒤 넘어오지 않는 이상 불리한 전황을 뒤집을 가능성은 없었다.

그리고 긴 세월을 살아온 마왕이라면 분명히 이 방법을 사용할 것이었다.

신혁돈은 화이트 홀을 넘어오는 괴물들을 정리하면서도 쉴 새 없이 그들의 에르그 에너지를 흡수해 힘을 유지했다.

수많은 스펙터들이 넘어와 호수를 얼리려 했지만 기껏 얼린 호수는 신혁돈의 손짓 한 번에 터져 나갔다. 그가 영혼 강타를 사용할 때마다 수십의 스펙터들이 갈기갈기 찢어져 버렸다.

'다음 웨이브쯤이겠군.'

패러독스가 '생각보다 쉽다'고 판단하며 긴장의 고삐를 조금 늦추었을 때, 그때가 백차의 타이밍이 될 것이었다.

백차의 입장에서도 더 이상의 소모전은 낭비일 뿐이라는 것을 깨달았을 테니 다음 웨이브가 적절했다.

그렇다고 길드원들에게 말해줄 필요는 없었다.

적을 속여 원하는 반응을 이끌어내기 위해서는 아군부터 속이는 것이 먼저기 때문.

콰콰콰콰광!

은빛으로 빛나는 10개의 아엘로의 창은 수면 위를 노니는 새처럼 우아하게 비행하며 걸리는 모든 괴물들을 꿰뚫고 박살 내고 있었다.

게다가 길드원들의 석궁과 메이지들의 마법까지 더해지자 괴물들은 화이트 홀을 벗어나기도 전에 박살 나 쓰러지고 있었다.

그렇게 두 번째 웨이브가 끝났다.

'이제 오겠군.'

전황을 한 번에 뒤집을 수 있을 만한 거대한 한 방.

신혁돈은 에르그 에너지를 끌어모으며 백종화에게 말했다.

"디스펠 준비해라."

"…예?"

살짝 긴장을 놓은 채 에르그 에너지를 모으고 있던 백종화는 대답과 동시에 신혁돈의 몸으로 응집되는 어마어마한 양의 에르그 에너지를 느끼고서는 입을 다물었다.

그러고는 화이트 홀이 뚫어져라 보았다.

'디스펠이라.'

마법을 파훼하는 마법인 디스펠.

그것을 사용하라는 것도 아니고 사용할 준비를 하라는 것은 그만큼 강한 마법, 혹은 급하게 대응할 필요가 있는 상황이 발생할 것이라는 뜻이다.

백종화 또한 신혁돈과 함께 에르그 에너지를 모으기 시작하자 긴장을 풀고 있던 길드원들 또한 달라진 분위기를 느끼며 화이트 홀을 바라보았다.

그 순간.

구궁… 구궁… 구궁…….

정체를 알 수 없는 소리가 화이트 홀을 비집고 나와 길드원들의 귓가에 울렸다.

"뭐지?"

"날갯짓 소리다."

"…이게 말입니까?"

지하철이 터널을 통과하는 것과 비슷한 소리가 날갯짓 소리라니.

길드원들이 의아한 표정을 짓는 사이, 신혁돈이 미소를 지으며 답했다.

"드레이크다."

"드래곤 말입니까?"

"비슷한데 달라. 드래곤보다 작고 약하다. 하지만 한 가지 속성의 마법을 다룰 수 있다는 점은 같지."

이 정도 날갯짓 소리라면 18등급 정도의 드레이크일 것이다.

18등급이라면 한 가지 속성을 마스터했을 가능성이 높은 데다가 그 덩치만으로도 재앙을 일으킬 수 있는 존재.

문제는 크기.

드래곤보다 작다고는 하나 날개 길이만 15m에 이르는 놈들이 지름이 6m밖에 안 되는 화이트 홀을 통과할 순 없을 것이었다.

그렇다면.

"멜릭 드레이크다."

멜릭이라는 외국인이 제일 먼저 발견해 멜릭 드레이크라는 이름이 붙은 새하얀 드레이크.

"간단히 말하자면, 냉기를 다루는 괴물이지."

드레이크 중 가장 조그맣지만 대신 뛰어난 마법적 능력을 가진 녀석으로 냉기 저항이 없다면 가까이 다가가는 것만으로도 얼어 죽을 수 있는 녀석이다.

'완벽하군.'

백차의 선택은 좁은 공간에서 진형을 붕괴시키는 데 이보다 좋은 방법이 있을까 싶을 정도로 완벽한 선택이었다.

문제는 신혁돈이 모든 것을 꿰뚫고 있다는 것.

"드레이크의 약점이자 강점은 피부다. 모든 에르그 에너지를 피부에 담고 있기 때문에 눈이나 귓구멍, 그리고 입이 아주 약하지."

신혁돈은 아이들을 가르치는 선생님처럼 친절히 설명을 마쳤다. 그리고 그 순간.

쉬이이익!

멜릭 드레이크가 화이트 홀을 뚫고 모습을 드러냈다.

새하얀 몸에 육각형으로 돋아 있는 비늘, 거대한 한 쌍의 날개와 긴 목, 목에 버금갈 정도로 긴 꼬리와 균형 잡힌 순백의 몸체.

"저게 드레이크……."

멜릭 드레이크는 나타나자마자 천장을 한 바퀴 돌며 상황을 파악했고 그와 동시에 입을 벌렸다.

마치 적이 어디 있는지 확인한 뒤 폭격을 퍼붓는 건쉽의 모습과도 같았다.

멜릭 드레이크의 입에 거대한 에르그 에너지가 모여들었고 에너지의 양이 정점에 이른 순간.

콰아아아아아아!

냉기 그 자체인 에르그 에너지가 엄청난 속도로 신혁돈을 향해 쏘아졌다.

"지금!"

"디스펠!"

디스펠을 준비하고 있던 백종화는 멜릭 드레이크를 향해 디스펠을 펼쳤다.

그러자 멜릭 드레이크의 입에서 뿜어지던 브레스가 사라졌다.

자신의 공격이 끊기자 당황한 멜릭 드레이크가 급선회를 하며 날아오른 동시에, 불과 번개로 휩싸인 채찍이 멜릭 드레이크의 목을 휘감았고.

두둑!

부러뜨렸다.

단 한 번의 공격 실패로 목뼈가 부러진 멜릭 드레이크는 그대로 추락했다.

그러나 신혁돈은 확인 사살을 하기 위해 채찍을 당겨 멜릭 드레이크를 자신의 앞으로 가져온 뒤, 목과 몸을 분리해 버렸다.

"잘했다."

"예."

'이 정도라면…….'

패러독스로도 이곳을 방어할 수 있다.

길드원들의 석궁과 안지혜의 땅을 다루는 힘, 그리고 가이아의 호수라면 충분할 것이다.

나름의 노림수가 통하지 않은 이상 백차도 생각할 시간이 필요할 것이었고 그동안은 강수를 두지 않을 것이 분명했다.

판단을 내린 신혁돈은 곧바로 백종화를 바라보며 말했다.

"백종화."

"예."

"백차 잡으러 가자."

제2장

발판을 딛다

화이트 홀 크기에 맞춰 멜릭 드레이크를 보낼 정도라면 어지간한 속성의 드레이크는 전부 보유하고 있다고 생각해도 되었다.

　드레이크를 상대하는 데 있어 가장 중요한 것은 반대 속성인데 신혁돈이 가진 속성은 번개와 불, 그리고 땅과 바람 네 가지다.

　이 네 가지 외의 속성을 가진 드레이크를 만난다면 신혁돈은 고전을 면치 못할 것이다.

　그래서 백종화가 필요한 것이다.

이 모든 속성을 무효화시킬 수 있는 그의 능력이 그에겐 있었다.

'디스펠.'

드레이크가 부리는 모든 마법을 무효화시킬 수 있으며 신혁돈의 공격이 유효타로 들어가도록 도움을 줄 것이다.

"저만 갑니까?"

"드레이크를 상대하는 데 너 하나면 충분해. 여길 지킬 사람도 필요하고."

그의 말에 백종화가 고개를 끄덕이자 신혁돈은 길드원들을 바라보며 말했다.

"어차피 버티기만 해서는 승산 없는 싸움이다. 화이트 홀이 얼마나 커질지, 백차의 병력이 얼마나 되는지 모르니까. 그러니 가서 백차의 목을 따오마. 버티고 있어라."

그의 말에 길드원들이 고개를 끄덕였고 가이아가 물었다.

"가능하겠어요?"

"네가 해야 할 일에 집중해라. 난 내가 해야 할 일을 할 테니."

그의 말에 가이아는 눈을 동그랗게 떴다가 살짝 고개를 끄덕였다.

가이아는 지금까지 그가 팀을 꾸리는 이유를 이해하지 못하고 있었다.

누구보다 강한 이가 자신보다 약한 이들을 데리고 다니며 그들을 성장시켜 줄 이유가 없다 생각했기 때문이었다.

'길드원이라 불리는 이들에게 능력을 나누어줄 바에 독식한 뒤 빠른 성장을 취하는 게 더 이득이 되지 않을까?' 하는 의문을 항상 가지고 있던 것이다.

물론 신혁돈에게 도움이 되는 때도 많았으며, 그가 길드를 이끌고 다녔기에 홍서현이라는 눈을 이용해 관찰하기도 편했다.

하지만 이해가 되지 않았었는데…….

'그런 건가.'

각자의 역할.

신혁돈은 독불장군이고 선봉장이다.

제일 앞서 싸우며 적의 선봉의 목을 베는, 그런 역할을 맡는 이였다. 그가 가장 강하긴 하지만, 모두를 상대할 순 없었다.

그러니 각자의 역할이 있는 것이다.

그가 앞서 싸울 때 그의 뒤를 지켜줄, 그가 모자란 점을 채워줄 이들.

가이아가 고개를 끄덕이는 것을 본 신혁돈은 곧바로 화이트 홀을 향해 고개를 돌리며 말했다.

"가자."

　　　　　*　　　　　*　　　　　*

화악!

온몸의 근육들이 나른해지는 느낌과 동시에 세상이 어두워
졌다가 다시 밝아졌다.

쪽빛 하늘이 두 사람의 시야를 가득 메웠다.

"오······."

제일 먼저 보인 것은 하늘, 그리고 그들의 머리 위를 유유
히 날고 있는 형형색색의 드레이크 떼가 보였다.

"젠장······."

키에에에에!

백차는 패러독스가 화이트 홀을 역으로 넘어올 것이라 생
각하진 못했는지 화이트 홀 근처에 병력을 포진시켜 두지 않
았다. 그래서 넘어옴과 동시에 들키지 않을 수 있었다.

문제는 두 사람 중 한 사람이 5m가 넘는 불과 벼락의 거인
모습을 하고 있다는 것.

"들켰겠죠?"

"말이라고."

어차피 몰래 들어올 생각은 없었다. 하지만 '들키지 않았다
면 좋았을 텐데' 하는 아쉬움이 남을 뿐이었다.

몰래 들어왔다 한들 주변에 날아다니고 있는 드레이크가 워낙 많은지라 눈을 피해 들어올 수는 없었을 것이다.

신혁돈은 곧바로 강신을 해제한 뒤 에르그 에너지를 끌어올렸다.

이왕 걸린 것, 신혁돈은 모든 감각을 개방해 주변을 살펴 드레이크의 수를 헤아렸다.

곧 백종화의 눈에도 드레이크의 색이 구별 가능할 때쯤 신혁돈이 말했다.

"열일곱 마리."

"저걸 처리하고 가면 들킬 때까지의 시간을 조금 지연시킬 수 있을 거 같은데… 그렇지 않습니까?"

신혁돈은 대답 대신 빠르게 주변을 훑었다. 화이트 홀이 열려 있는 곳은 돌로 이루어진 산이었고 주변 또한 온통 돌산이었다.

"이미 늦었어. 북동쪽 700m. 200마리 정도의 적이 오고 있다."

"전면전은 안 될 거고… 어디로 피합니까?"

"일단 백차의 위치부터 파악하자. 찾아봐."

백종화는 살짝 불안한 듯 하늘에 날고 있는 드레이크들을 향해 눈을 흘긴 뒤 정신을 집중하기 시작했다.

신혁돈도 할 수 있는 일이었지만 차원 전체를 뒤지며 에르그 에너지의 밀도에 따라 상대를 찾는 일 같은 정교한 것은 백종화가 어울렸다.

신혁돈이 주변을 살피는 사이 백종화가 눈을 뜨며 말했다.

"지도… 그 헤이톤의 호의 좀 켜주십시오."

신혁돈은 군말 없이 지도를 띄웠고 곧 구형으로 생긴 차원이 모습을 드러냈다. 그러자 백종화는 지체 없이 한 곳을 찍으며 말했다.

"여기 같습니다."

그의 손가락이 닿은 곳은 거대한 협곡의 제일 안쪽 부분이었는데 지도를 보는 것만으로도 천혜의 요새임을 짐작할 수 있는 곳이었다.

"마왕은 다르다 이건가."

하이노로와는 다르게 철저히 자신의 안전을 보장해 둔 상태였다.

만약 저 안에 수백 마리의 드레이크가 있고, 거기에 패턴 드레이크 혹은 보스 정도의 드레이크가 섞여 있다면?

신혁돈과 백종화 둘로써는 백차의 암살이 힘들어질 수도 있다.

"어떻게 할까요?"

"네 생각은 어때."

"흠……."

백종화에게 의견을 묻자 그는 주변 상황을 잊고 생각에 잠겼다.

캬아아아!

케에에에!

드레이크들이 울부짖는 틈이 점점 짧아지는 것을 보아 두 사람을 발견한 것을 어디론가 알린 뒤 그에 대한 조치를 취하려 하는 것이 분명했다.

"아예 밀고 들어가는 건 어떻습니까?"

"자세히."

"애들 다 데려와서 화이트 홀 막아버리고 차원 공략 들어가는 겁니다."

"안 돼."

"왜 그렇습니까?"

"전력에서 밀린다. 너 하나만 있으면 둘 다 살 수 있겠지만 그 이상이 되면 하나 이상은 죽는다."

"알겠습니다. 그럼 이렇게 하시죠."

백종화는 신혁돈이 만들어낸 지도의 여기저기를 찍으며 자신의 작전을 설명했고 신혁돈은 이해를 했다는 뜻으로 계속해서 고개를 끄덕였다.

그리고 그의 설명이 끝났을 때.

"나쁘지 않군."

"솔직히 완벽하지 않습니까?"

"…태수 닮아가냐?"

"걔가 절 닮아가는 겁니다."

실없는 농담에 헛웃음을 흘린 신혁돈은 지도를 없애며 말을 이었다.

"그렇게 하자."

"예, 그럼 시작하시죠."

신혁돈은 고개를 끄덕인 뒤 손을 들었다.

그러자 그의 손가락에 끼워져 있던 반지, 메르히칸의 빛과 그림자의 스킬인 메르히칸 섀도가 발동되며 하얗고 검은빛 두 줄기가 그의 손에서 흘러나왔다.

하얗고 검은빛 두 줄기는 신혁돈의 옆에 뭉쳐들었고 곧 그와 똑같이 생긴 분신을 만들어냈다.

"뭘 해야 하는지 알지?"

"미끼."

"그리고."

"난리."

"그렇지."

신혁돈은 손을 내밀었고 분신은 그의 손을 쥐며 악수했다.

두 신혁돈의 손이 떨어진 순간, 분신의 몸에서 불과 벼락이 흘러나오며 거대해지기 시작했다.

그 순간.

"투명, 유리화."

백종화는 자신과 신혁돈에게 투명과 유리화(遊離化) 마법을 걸었고, 신혁돈은 메르히칸 반지를 통해 두 사람의 그림자와 기척을 지워 버렸다.

강신을 마친 분신은 곧바로 하늘로 날아올랐다. 그리고 가장 가까이 있는 드레이크의 날갯죽지를 향해 채찍을 던졌다.

신혁돈과 멀찍이 떨어져 구경을 하고 있던 드레이크 한 마리는 난데없는 채찍질을 피하지 못했고 결국 불길에 휩싸여 그대로 추락했다.

콰아앙!

분신은 거기서 멈추지 않고 북동쪽을 향해 달려 나가며 주변에 있는 모든 드레이크들을 학살하기 시작했다.

그 모습을 본 신혁돈과 백종화는 곧바로 동쪽으로 달리기 시작했다.

멍한 표정으로 화이트 홀을 바라보고 있던 고준영은 슬슬 아파오는 다리를 두드리며 말했다.

"왜 아무것도 안 나오지? 가봐야 하지 않겠습니까?"

"기다려. 무슨 일 있으면 어떤 수를 써서라도 우릴 부를 양반이니까."

"그건 그렇지 말입니다."

신혁돈과 백종화가 화이트 홀로 들어간 지 3시간. 그동안 화이트 홀을 통해 나온 것은 개미 한 마리도 없었다.

윤태수 또한 표현을 하지 않았을 뿐 불안하긴 매한가지인지 한마디를 덧붙였다.

"잘 되고 있으니까 안 나오는 거겠지."

"그럴 겁니다."

　　　　*　　　　　*　　　　　*

구르르릉…….

지축이 울리는 것이 아닐까 싶을 정도로 큰 충격이 땅을 딛고 있는 발로 전해졌다.

"분신이 잘 하고 있나 봅니다."

"밥값은 해야지."

그도 그럴 것이 지금 분신이 가져가고 있는 에르그 에너지의 양은 신혁돈이 전력으로 싸울 때와 비슷했다.

백종화의 작전은 단순했다.

성동격서.

저들은 신혁돈이 '분신'이라는 스킬을 가지고 있는 것을 모른다.

그러니 강신까지 사용하는 신혁돈의 모습을 보면 당연히 본체라 생각할 것이었고 분신이 날뛰기 시작하면 어지간한 병력들은 그곳으로 소집이 될 것이었다.

물론 백차를 지키는 최소한의 병력들이 남긴 하겠지만, 그것만으로도 잠입의 난이도는 훨씬 낮아진다.

"저기 보입니다."

"저 아래인가… 나도 느껴진다."

거대한 협곡이 신혁돈의 시야를 가득 매웠다.

한눈에 전부 들어오지 않을 정도로 거대한 협곡의 끝에서는 백차 특유의 찝찝한 기운이 스멀스멀 피어오르고 있었다.

"드레이크 시체 하나 살펴볼 걸 그랬습니다. 드레이크도 하이노로 때의 놈들처럼 지배를 당하고 있는 거라면 우리 편으로 만들 수 있을 텐데 말입니다."

"백차 죽이고 나서 해도 돼."

"그건 그렇습니다만……."

백종화는 말을 덧붙이려다 신혁돈의 시선이 향한 곳을 보며 입을 다물었다.

'저게 뭐야……'

마치 협곡 전체가 몸을 일으키는 듯, 지금까지 보아왔던 어떤 드레이크보다 거대한 드레이크가 날아오르고 있었다.

'맙소사……'

드레이크는 건물의 그림자라 해도 믿을 만한 크기의 그림자를 대지에 아로새기며 분신이 난동을 부리고 있는 곳을 향해 머리를 돌린 뒤 날아가기 시작했다.

"저건… 뭡니까?"

"에이션트 드레이크… 등급 외의 괴물이다."

"등급 외 말입니까?"

"그래… 등급을 규제할 수 없는 괴물이지."

에이션트 드레이크.

어지간한 드래곤보다 강한 괴물로서 지구가 아닌, 다른 차원에서 한 번 보았던 괴물이다.

만나는 것만으로 공격대의 반 이상이 죽었고 도피 과정에서 1/3이 죽었던, 신혁돈의 머릿속에도 괴물로 남아 있는 괴물이었다.

"지금 상대하면… 어떨 거 같습니까?"

"모르겠군."

솔직한 감상평이었다.

에이션트 드레이크는 두 가지 이상의 속성을 다루며 신체적 조건 또한 뛰어나다. 게다가 모든 에르그 에너지가 피부에 담겨 있기에 어지간한 공격은 통하지도 않는다.

"백차의 힘을 흡수한 뒤라면, 죽일 순 있을 거다."

"제압은 힘들겠죠? 아군으로 만들면 참 좋을 텐데."

"그렇겠지."

만약 에이션트 드레이크를 아군으로 만들 수 있다면 모든 하늘거북 어미 이상의 전력을 확보하는 효과를 얻을 수 있다.

아쉬운 듯 입맛을 다신 백종화는 다시 협곡 쪽으로 고개를 돌렸고 그의 시선을 느낀 신혁돈이 말했다.

"에이션트 드레이크가 간 이상, 분신도 오래 버티진 못할 거다."

"예."

협곡의 위에 서 있던 백종화와 신혁돈은 거침없이 협곡 아래로 몸을 던졌고 그와 동시에 협곡의 중심을 향해 달려가기 시작했다.

*   *   *

그르릉…….

백종화의 머리 위, 바위에 앉아 햇볕을 쬐고 있는 드레이크가 긴 콧김을 내뿜었다. 백종화는 그 뜨거운 열기에 몸서리를 치다가 돌을 발로 찰 뻔하고서야 정신을 붙잡았다.

'실수하면 죽는다.'

협곡 깊숙이 들어갈수록 드레이크의 수는 많아졌고 당연히 더욱 강력한 녀석들이 산재하고 있었다.

드레이크는 나이를 먹고 강해질수록 색이 진해지며 크기가 커졌다.

그런데 협곡 내부에 있는 드레이크들은 비늘에 비친 햇빛 덕에 눈이 부실 정도로 색이 진했다.

두 사람은 숨소리도 나지 않을 정도로 은밀히 움직였고 그 덕에 수십 마리의 드레이크들에게 들키지 않을 수 있었다.

협곡은 지도로 보았던 것보다 깊고, 길었다.

얼마나 지났을까.

두 사람이 동시에 걸음을 멈추었다.

'입구다.'

뭐라 말할 것도 없이 백차의 기운이 진하게 풍겨 나오고 있는 동굴이 두 사람의 앞에 나타났다.

입구의 양쪽에는 석상인지 살아 있는 것인지 모를 드레이크 두 마리가 앉아 있었고, 안쪽으로는 매끈하게 깎인 통로가 있었다.

통로는 성체 드레이크가 날개를 펼치고 들어가도 될 정도로 넓었으며 빛이 제대로 들지 않아 어두웠다.

두 사람은 시선을 한 번 교환한 뒤 입구를 향해 걸었다.

입구를 통해 들어오던 빛이 완전히 사라졌을 때, 네 개의 빛 덩어리를 발견할 수 있었다.

백종화가 그것들을 향해 의아한 시선을 던진 사이, 신혁돈은 그의 어깨에 손을 얹은 뒤 수신호를 보냈다.

'드레이크의 눈이다.'

그의 수신호를 용케 알아들은 백종화는 고개를 끄덕였고 신혁돈은 두 마리의 드레이크를 살폈다.

'플루이 드레이크… 그리고 마운틴 드레이크인가.'

하늘색 몸체와 물 속성을 가진 플루이 드레이크와 산처럼 거대한 몸체로 땅 속성을 가진 마운틴 드레이크.

두 마리는 어느 정도의 거리를 둔 채 양쪽으로 앉아 있었고 그들의 사이에는 거대한 문이 있었다.

'수문장이군.'

이 두 마리를 처리하지 않고 문을 열 방법은 없어 보였다.

그렇다고 여기서 전투를 벌였다간 밖에 있는 드레이크들까지 모두 끌어오게 되고, 백차의 암살은커녕 두 사람의 목숨조차 지키기 힘들 가능성이 높다.

'그렇다면…….'

답은 암살.

한 마리 정도야 기척 없이 다가가 목을 잘라 버리면 된다지만 다른 한 마리가 문제였다. 무엇보다 백종화와 의사소통을 할 수 없다는 게 문제였다.

의사소통만 가능하다면 사일런스, 즉 침묵 마법을 공간 자체에 걸어버린 뒤 두 마리가 반응도 하기 전에 목을 베어버리면 된다.

잠시 고민하던 신혁돈은 백종화의 어깨를 두들긴 뒤 검지를 들어 자신의 입술에 대었다.

그러자 백종화는 그를 따라 자신의 입술에 검지를 댔다. 신혁돈은 미간을 찌푸렸다.

신혁돈은 자신의 입술에 다시 한 번 손가락을 올리다 짧게 한숨을 내쉬었다.

그때 신혁돈에게서 줄곧 에르그 에너지를 뽑아가던 분신의 존재감이 사라졌다.

'에이션트 드레이크에 당한 건가.'

분신의 기억까지 알 순 없었기에 그렇게 유추할 수밖에 없었다. 이제 분신을 처리했으니 에이션트 드레이크는 돌아올 것이고, 그가 돌아온다면 백차를 암살하는 건 더욱 힘들어진다.

결단을 내릴 때다.

신혁돈은 백종화를 바라보며 손가락 세 개를 내밀었다.

그리고 하나를 접어 2개를 만든 뒤 왼쪽에 있는 드레이크를 가리키며 목을 자르는 시늉을 했다.

곧이어 손가락 하나를 더 접자, 신혁돈의 몸에서 웅혼한 에르그 에너지가 피어올랐다.

갑작스러운 에르그 에너지의 파동에 두 마리의 드레이크가 눈을 부릅뜬 순간, 신혁돈은 주변의 모든 에르그 에너지를 정체시켰다.

에르그 에너지를 정체시킴으로써 동굴 안에서 요동치는 에르그 에너지를 밖에서 눈치채지 못하게 만들기 위해서였다.

백종화 또한 그의 의도를 어렴풋이 깨달으며 에르그 에너지를 끌어모았다.

그리고 그의 손가락이 전부 접혔을 때.

"사일런스."

"사일런스!"

신혁돈이 말하자 백종화가 언령을 펼쳤다.

순간적으로 통로 내의 공기의 대류가 멈추며 소리 또한 멈추었다.

백종화의 언령이 끝나기도 전에 신혁돈은 거대한 불의 검을 뽑은 채로 플루이 드레이크의 목을 향해 날아들고 있었다.

실내가 확 밝아지며 드레이크의 동공 또한 커졌으나 알아차린 순간은 이미 늦었다.

불과 벼락의 검이 아무런 소리도 없이 플루이 드레이크의 목을 베었고 생명이 빠져나간 플루이 드레이크의 몸은 천천히 쓰러졌다.

그사이 마운틴 드레이크가 입을 벌렸고, 브레스가 뿜어져 나와 신혁돈을 향해 쏟아졌다.

그 모습을 본 백종화는 곧바로 손바닥을 펼치며 외쳤다.

"디스펠!"

그의 목소리가 동굴을 울렸다. 마운틴 드레이크의 브레스
는 대기 중으로 흩어져 버렸다.

빈틈을 잡은 신혁돈은 그대로 벽을 박차고 날아들어 마운
틴 드레이크의 목까지 베어버렸다.

키에에에에!

서걱!

촤아아악!

"멍청한……."

브레스를 막기 위해 사용한 디스펠이 백종화 자신이 펼친
사일런스까지 디스펠해 버린 것이다.

"사일런스!"

당황한 백종화가 다시 한 번 사일런스를 사용했지만 그렇다
고 한들 이미 나간 퍼져 나간 소리까지 막을 순 없는 노릇.

신혁돈이 미간을 찌푸린 채 백종화를 바라보았고 그는 이
를 악물며 사일런스를 해체했다.

"죄송합니다."

"문 열어!"

신혁돈은 곧바로 입구를 향해 달려가며 소리쳤고 백종화는

문을 향해 달려갔다.

'젠장……'

메이지 계열 괴물을 상대해 본 적이 전무하다 보니 디스펠 사용에 능숙하지 않았고, 그 덕에 벌어진 실수였다.

백종화는 입술을 잘근잘근 씹으며 문 앞에 선 뒤 외쳤다.

"열려라!"

쿠우웅!

그의 에르그 에너지는 언령이 되어 문을 때렸고 커다란 소리가 동굴 내부에 메아리쳤다.

생각 이상으로 큰 소리에 뒤를 돌아본 백종화는 다시 언령을 사용했다.

"열려! 열리라고!"

쾅! 쾅!

그의 언령에도 문은 꿈쩍하지 않았다. 백종화는 입술에서 피가 터지도록 이를 악물었다.

"으아아아아!"

쾅! 화르르륵! 파지직!

신혁돈이 드레이크와 전투를 시작했는지 동굴 전체가 무너질 듯 진동하며 굉음을 뿌려대는 와중, 미칠 듯이 언령을 사용하던 백종화는 입가로 흐르는 피를 닦아낸 뒤 길게 심호흡을 했다.

'연다. 열 수 있다. 아니, 열어야 한다.'

눈을 꾹 감았다 뜬 백종화는 문에 손을 얹은 채 몸속에 있는 모든 에르그 에너지를 끌어 올린 뒤 말했다.

"문이 열렸다."

그 순간.

쿠르르르릉!

문이 열리기 시작했다.

살짝 열린 틈 사이로 빛이 들어온 순간, 백종화는 뒤로 돌아 외쳤다.

"열렸습니다!"

화르르륵!

마치 그의 말에 대답하듯 동굴의 입구에서부터 거대한 화염이 몰아쳤고 백종화는 두 팔로 얼굴을 가리며 뒤로 물러섰다.

그리고 화염이 그친 순간.

"가자."

어느새 불과 벼락의 모습을 하고 있는 신혁돈이 그의 앞에 서 있었다.

쾅!

문을 발로 차 열어버린 신혁돈은 두 사람이 문을 통과함과 동시에 뒤로 돌아 문을 닫아버렸다.

그리고 문틈에 손을 얹자 거인의 손이 용암처럼 붉게 달아오르며 문 전체를 녹여 버리기 시작했다.

그 모습을 본 백종화는 곧바로 뒤로 돌아 내부를 살폈다. 그리고 그 중앙에 있는 샛노란 차원석을 발견할 수 있었다.

지금껏 본 적 없는 거대한 차원석은 빙산의 일각처럼 땅을 뚫고 솟아나 있었으며 그 위에는 노란 빛깔의 비늘을 가진 드레이크가 앉아 있었다.

노란 빛깔의 드레이크는 신혁돈과 그 옆에 서 있는 백종화를 흥미롭다는 듯한 눈으로 바라보더니 천천히 몸을 일으켰다.

앉아 있을 땐 몰랐으나 몸을 일으키니 그 크기가 어마어마했다.

그때 마침 미봉책으로 문을 막은 신혁돈도 뒤를 돌아보았고 드레이크와 시선을 마주했다.

"백차."

신혁돈은 샛노란 드레이크가 밟고 있는 차원석과 드레이크의 몸에 연결되어 있는 에르그 에너지를 느낄 수 있었고, 샛노란 드레이크가 백차임을 눈치챌 수 있었다.

신혁돈의 말에 백종화는 한 걸음 물러서며 에르그 에너지를 끌어모았다.

신혁돈은 한 걸음 앞으로 나갔다.

그때, 드레이크의 입이 열리며 인간의 말이 흘러나왔다.

"미끼로 시선을 끌고 소수 정예가 적의 머리를 친다라… 훌륭한 전술이군."

백차의 말이 끝난 순간, 불과 벼락의 거인이 백종화에게 시선을 돌리며 말했다.

"알아서 피하고 마법만 디스펠해라."

"…예?"

화르륵!

말을 마친 불과 벼락의 거인의 손에 채찍과 검, 그리고 언월도가 생겨났다. 그리고 곧바로 샛노란 드레이크를 향해 달려들었다.

대화도 없이 자신을 덮칠 것이라 생각하지 못한 백차는 날개를 활짝 펼치며 날아올랐으나 높지 않은 천장 탓에 제대로 날개를 펼치지 못했고, 결국 신혁돈의 채찍에 발목을 붙잡히고 말았다.

촤라락!

하지만 백차는 마왕이라는 이름에 걸맞게 발목을 터는 것만으로 신혁돈의 채찍을 떼어냈고 그와 동시에 입을 벌렸다.

백차의 입에 샛노란 에르그 에너지가 뭉쳐진 순간, 신혁돈이 그의 입을 향해 달려들며 외쳤다.

"디스펠!"

그의 외침에 에르그 에너지를 모으며 사태를 주시하고 있던 백종화가 손을 뻗으며 언령을 시전했다. 그러자 백차의 입에서 발사된 샛노란 브레스가 흩어져 버렸다.

흩어진 브레스 사이로 불의 거인이 달려들었고 신혁돈의 언월도가 백차의 배를 찔러 들어갔다.

콰드득!

신혁돈의 언월도는 백차의 배를 뚫지 못한 채 흠집만 남기고 스쳐 지나갔다. 그사이 백차는 다시 균형을 잡은 뒤 짧은 브레스를 쏘았다.

콰아아아아아!

하이노로 때와 비슷한 순수한 에르그 에너지의 폭풍이 신혁돈을 덮쳤지만 그는 재빨리 몸을 날려 그의 공격을 피해냈다.

'몸속을 노려야 한다.'

눈이나 코를 노리기엔 무리가 있다.

그렇다면…….

신혁돈은 세 개의 무기를 모두 없앤 후 거리를 좁히며 맨주먹으로 백차의 몸을 두들기기 시작했다.

꽝! 꽝! 꽝!

백차는 거리를 벌리기보다는 근접전에 자신 있다는 듯 앞발과 꼬리를 이용해 신혁돈과 박투를 펼치기 시작했다.

크르르릉!

흡!

거인과 괴수의 박투 사이에 백종화가 낄 틈은 없었다.

백차가 언제 마법을 사용할지 모르기에 디스펠을 준비해 두어야 했고 그것만으로도 온 신경을 집중해야 했기에 다른 일은 할 수 없었다.

쿵! 쿵! 쿵!

게다가 신혁돈이 막아놓은 문을 뚫기 위해 드레이크들이 밖에서 난리를 치고 있는 통에 정신의 집중조차 위태로운 상황이었다.

'한 명만 더 있었다면.'

안지혜라도 있었더라면 문을 아예 봉쇄해 버린 뒤 신혁돈을 도울 수 있었을 텐데, 하는 아쉬움이 계속 머릿속을 맴돌았다.

'어차피 지난 일이다.'

백종화는 머리를 휘휘 저어 잡념을 털어낸 뒤 두 괴수의 싸움에 시선을 집중했다.

그때 백차가 불의 거인의 어깨를 크게 물었다.

불의 거인이 고통에 찬 비명을 질렀다.

크아아아!

'…무슨?'

불과 벼락의 거인은 신혁돈의 몸이 아닌, 에르그 에너지로 만들어져 있으며 물리력을 행사할 수 있는 일종의 환영이다.

한데 고통에 찬 비명이라니.

'설마……'

백차는 승기를 잡았다는 듯, 긴 꼬리로 불의 거인의 몸을 휘감고서 짧은 앞다리로 거인의 가슴께를 쥐었다.

그러고는 물고 있던 어깨를 놓은 뒤 불의 거인을 향해 입을 쩍 벌리고서 머리를 한 입에 씹어버렸다.

그러자 불의 거인의 몸에서 어마어마한 에르그 에너지의 폭풍이 일었다.

의아함을 느낀 백차가 입에 넣고 있던 머리를 뱉기 위해 다시 입을 벌린 순간.

콰아아아아아아아앙!

불의 거인의 몸이 폭발했다.

*　　　　*　　　　*

폭음이 들린 순간, 백종화는 언령을 통해 수십 겹의 배리어를 만들어냈고 그의 눈앞에 투명한 막이 수십 겹 생겼다.

번쩍!

티디디디디딩!

챙!

그러나 어마어마한 폭발과 동시에 모든 배리어가 날아갔다. 그의 몸은 실 끊어진 연처럼 날아가 벽에 처박혔다.

"컥……."

벽에 부딪히는 충격으로 갈비뼈가 부러진 건지 제대로 숨이 쉬어지지 않았다. 하지만 살았다.

'미리 말이라도 해주든가…….'

백종화는 머릿속을 하얗게 만드는 고통 속에서도 어떻게든 몸을 펴며 숨을 들이쉬었고 몇 번의 끅끅거림 뒤에야 산소가 폐부를 가득 채웠다.

"헉… 헉……."

겨우 숨을 토해낸 백종화는 입가에 흐르는 침을 닦아내며 고개를 들어 안도의 한숨을 내쉬었다.

그의 시선이 닿은 곳에는 샛노란 드레이크의 시신이 원형을 알아볼 수 없을 정도로 처참히 찢겨 나가 있었다.

불의 거인의 모습을 하고 있던 신혁돈 또한 강신이 해제되어 원래 모습으로 돌아오긴 했지만 갈가리 찢긴 백차보단 나았다.

신혁돈은 엎드린 채 숨을 몰아쉬고 있는 백종화에게 시선을 한 번 던졌다가 숨이 붙어 있는 것을 확인하고는 차원석으로 걸어갔다.

그의 에르그 에너지가 백차의 몸속으로 파고들었고 그와 동시에 폭발했으니 아무리 마왕의 이름을 가진 백차라 한들 버텨낼 수 없었을 것이다.

신혁돈은 차원석의 위에 선 채 드레이크의 심장을 찾았고 곧 그의 주먹만 한 에르그 기관을 발견할 수 있었다.

곧바로 에르그 기관을 섭취한 신혁돈은 다시 차원석 위로 올라가 오른손에 불과 벼락으로 이루어진 워해머를 만들어냈다.

쾅! 쾅! 쾅!

신혁돈은 아무런 표정 없는 얼굴로 차원석을 부수기 시작했다.

샛노란 차원석에 금이 갈 무렵, 차원석의 위로 샛노란 에르그 에너지 덩어리가 떠올랐다.

"멈추어라!"

하이노로 때와 같이 백차의 정신체가 신혁돈을 막기 위해 직접 나온 것이었다.

하지만 하이노로보다 조금 더 밝았고 진했다.

마치 인간의 모습을 한 태양과 같았으나 신혁돈은 그에게 눈길조차 주지 않은 채 계속해서 차원석을 부숴 나갔다.

쾅! 쾅! 쾅!

"인간!"

결국 참지 못한 백차는 하이노로 때와 같은 샛노란 광선을 뿜었지만, 신혁돈은 마치 뒤에 눈이 달리기라도 한 듯 옆으로 한 걸음을 옮기는 것만으로 쉽게 피해내며 워해머를 휘둘렀다.

"잠깐! 멈추어라. 나의 패배다. 너의 승리다."

신혁돈과 거리를 두고 있던 백차는 더 이상 차원석이 깨지는 것을 볼 수 없었는지 그의 앞으로 날아오며 말했다.

그제야 신혁돈의 망치질이 멈추었다.

"그래서?"

"뭐?"

"내가 이겼고 넌 패배했다. 그럼 끝인가?"

"룰! 룰을 모르는 건 아니겠지. 인간 네가 승리했으니 이제 마왕의 위를 계승하는 것으로 이 전쟁을 끝내라. 나를 소멸시키는 것은 그분의 룰에 위반된다."

그분이란 마신 그리드를 말하는 것이겠지.

신혁돈은 오른손에 들고 있던 워해머를 없애며 그에게 물었다.

"마왕의 위를 계승하면 어떻게 되는 거지?"

그러자 샛노란 에르그 에너지 덩어리는 얼굴도 없는 주제에 어이없다는 티를 가득 풍기며 말했다.

"그것도 모르는 이가 마왕에게 도전했단 말인가?"

그의 말투에 신혁돈은 곧바로 워해머를 만들어냈고 백차는 당황한 듯 그의 앞으로 다가와 몸을 들이밀며 말했다.

"아니, 아니다. 모를 수도 있지. 마왕의 위를 계승하면 내가 보유하고 있던 11개의 차원을 관리할 권한을 얻으며 육신에 얽매여 있던 과거를 떨친 뒤 정신체로 거듭날 수 있다. 그뿐만 아니다. 다른 시스템들을 관리할 수 있으며 그들이 얻은 에르그 에너지를 너의 것으로 만들 수 있다."

그의 말을 들은 신혁돈의 입꼬리가 올라갔다.

11개의 차원을 얻을 수 있다.

즉, 자신만의 군대를 만들 수 있으며 그 군대로 마신과 겨룰 수 있게 된다는 뜻이었다.

한 가지 걸리는 것은 정신체.

마왕들이야 육신을 버리고 정신체로 거듭나는 것이 최종적 진화라 여기는 모양이었지만 신혁돈은 아니었다.

게다가 마왕의 위 자체는 마신이 만든 시스템. 괜히 마신과 얽매일 필요는 없었다.

"마왕의 위를 받으면 마신에게 종속되는 것인가?"

"…그게 무슨?"

백차의 반응을 본 신혁돈은 고개를 휘휘 저었다.

날 때부터 마신에게 종속되어 있는 이들에게 묻는 질문으로는 멍청한 질문이었다.

"나는 마왕의 위에는 관심이 없다."

마왕의 위를 받아 자신을 구속할 필요 없이 백차를 먹어 치우면 모든 게 해결되는 일이다.

포식이 어디까지 작동할지 모르겠지만 그의 스킬 중 하나, 혹은 영혼을 얻는 것만으로도 굉장한 성과가 될 것이었다.

"…그렇다면 날 죽일 생각인가?"

"아니, 그것도 관심 없다. 네가 가진 에르그 에너지의 반을 내놓아라."

"무슨 소린가?"

"말 그대로."

신혁돈이 대답한 순간.

쿠우웅!

후드득!

그가 막아두었던 문이 당장이라도 부서질 듯 흔들리기 시작했다. 하지만 신혁돈은 문으로 시선을 던지는 대신 백차를 바라보며 말했다.

"드레이크는 정신 지배로 다스리고 있나?"

"그걸… 아니, 그들의 이름을 어떻게 알고 있지?"

"질문에나 대답해."

"그렇다."

"에이션트 드레이크 또한?"

"…그렇다."

"협곡 밖으로 떠나라고 해라."

그 말에 백차는 망설이는 듯 살짝 뒤로 물러섰지만 신혁돈이 다시 워해머를 들자 그의 몸이 옅게 반짝였다.

"했다."

"그럼 이제 에르그 에너지를 내놔."

"…나의 에르그 에너지를 빼앗아 간다면, 소멸과 무엇이 다른 거지?"

그의 물음에 신혁돈은 헛웃음을 흘리며 답했다.

"소멸한다면 더 이상의 미래는 없다."

신혁돈은 백차에게 시선을 고정한 채 말했고 백차는 고민에 잠긴 듯 몸을 반짝였다.

만약 백차가 전력을 다해 싸우기 시작한다면 골치 아파질 것이 분명하다.

그는 한 번의 전투에서 이길 가능성보다 패배한 뒤 소멸될 가능성이 높다 판단했기에 항복을 한 것이었지만, 그 결과가 어차피 소멸로 이어질 것이라면 싸우지 않고 소멸당하느니 싸워보기라도 할 테니까.

그렇기에 백차가 가진 에르그 에너지 중 50%만 요구한 것이다.

무엇보다 그가 거절한다고 해도 상관없었다.

신혁돈에게는 영혼 강타라는 정신체 전용 스킬이 있었기에 패배할 가능성이 단 1%도 없었다. 소멸시킨 뒤 에르그 에너지를 흡수하면 되니까.

그저 에르그 에너지의 흡수율에서 차이가 날 뿐이다.

신혁돈의 여유로운 얼굴을 본 백차는 그에게 다가온 뒤 손을 내밀며 말했다.

"반… 내가 가진 힘의 반을 주겠다. 그러니 마신 그리드 님의 이름에 걸고 맹세해라. 힘을 받은 뒤 바로 돌아가겠다고."

그리드의 이름에 대고 맹세라.

마왕 혹은 그들 사이에서는 어떤 절대적인 힘을 발휘하는 맹세인 모양이었지만 신혁돈은 아니었기에 1초도 고민하지 않고 대답할 수 있었다.

"그러지."

대답을 한 신혁돈은 백차의 손을 쥐었고 그와 동시에 에르그 에너지를 건네받기 시작했다.

'흐음.'

하이노로 때보다 더 진하면서도 맑은, 순수한 에르그 에너지 그 자체가 신혁돈의 몸으로 흘러들어 왔다.

몸 전체의 세포 하나하나가 깨어나는 듯한 느낌과 이제 막 꿈에서 깬 듯 나른한 느낌이 동시에 들며 기분을 좋게 만들어 주고 있었다.

찰나와 같이 느껴진 시간이 지난 뒤, 백차와 신혁돈 사이에 연결되어 있던 에르그 에너지의 연결고리가 끊겼다.

자신이 가진 에르그 에너지의 반을 넘겨준 백차는 그대로 신혁돈의 손을 놓았다.

아니, 놓으려 했다.

"무슨……."

신혁돈은 백차의 손을 쥐었고 그와 동시에 방금 백차에게서 받은 에르그 에너지를 퍼트려 그의 몸을 감쌌다.

그 순간, 신혁돈이 무엇을 하려 하는지를 눈치챈 백차가 소리쳤다.

"맹세! 그리드의 이름으로 맹세를 하지 않았느냐!"

"그래서?"

순식간에 신혁돈의 에르그 에너지에 둘러싸인 백차는 온몸으로 샛노란 섬광을 방출하며 그가 만든 장막에서 벗어나려 했지만 부질없는 짓이었다.

이미 하이노로의 힘 전부와 백차의 힘 절반을 흡수한 신혁돈은 그보다 에르그 에너지 보유량에서 훨씬 앞서고 있었기 때문.

"맹세를 지켜라!"

신혁돈은 그의 말을 귓등으로 들은 척도 하지 않으며 백차의 힘을 흡수했다.

그는 맹세를 어기는 신혁돈의 모습을 보며 최후의 발악을 했지만 이미 힘의 격차가 나는 상황에서는 아무런 의미가 없는 행동이었다.

"끄아아아아!"

결국 빛을 잃은 백차는 그대로 소멸을 맞이했다.

그와 동시에 그의 발밑에서 빛나고 있던 차원석 또한 빛을 잃고 거대한 돌덩이가 되어버렸다.

모든 힘을 흡수한 신혁돈은 만족스러운 미소를 지으며 긴 숨을 내쉬었고 그 모습을 보고 있던 백종화는 가슴에서 느껴지는 통증조차 잊은 채 말했다.

"와… 진짜 악질이십니다."

"내가?"

신혁돈의 진짜 모른다는 눈빛을 받은 백종화는 고개를 절레절레 저었다. 그는 입꼬리를 말아 올리며 미소를 지었다.

그러고는 하늘에 둥둥 뜬 채 백종화에게 날아와 손을 뻗었다. 그러자 그의 손끝에서 흘러나온 에르그 에너지가 백종화의 몸에 스며들기 시작했다.

"뭡니까?"

"가만히 있어."

그의 몸으로 흘러들어 온 에르그 에너지는 그의 부상을 치료할 뿐만 아니라 몸 곳곳에 스며들며 에르그 에너지 양을 늘

려주고 있었다.

"맙소사… 이런 힘을 얻으신 겁니까?"

"이거의 100배 정도."

"…와, 악질 맞네."

헛웃음을 흘린 신혁돈은 백종화에게서 손을 뗀 뒤 말했다.

"먼저 돌아가서 이쪽 상황 좀 알려주고 있어라. 흡수한 기억하고 드레이크들 정리하고 갈 테니까."

"알겠습니다."

백종화가 대답하자 신혁돈은 차원관문을 열어주었다. 백종화는 그대로 차원관문을 넘어 지구로 돌아갔다.

그가 돌아가자 신혁돈은 곧바로 정좌를 하고 앉아 눈을 감은 뒤 백차의 기억을 살피기 시작했다.

*　　　　　*　　　　　*

백차는 본래 아이가투스의 아래 있던 시스템 중 하나였다.

하지만 뛰어난 실력으로 수많은 차원들을 재배해 냈으며 아이가투스의 눈에 드는 데까지 성공했다.

아이가투스는 그를 마왕으로 만들어주는 대신 자신에게 충성을 다하라 했고 백차는 그것을 수락했다.

'그랬군.'

아이가투스가 자신의 마음대로 백차의 차원에 침입한 것도, 백차가 그것을 지켜보기만 한 것 또한 그 때문이었다.

이번에 가이아를 찾아 정리하는 역할을 맡게 된 이유도 아이가투스 때문이었다. 백차는 가이아를 찾아내자마자 아이가투스에게 보고를 올렸고 곧바로 공격을 감행했다.

'아이가투스도 가이아가 어디에 있는지 알고 있다.'

그의 기억을 전부 훑은 신혁돈은 그의 능력을 살피기 시작했다.

'…하이노로와는 차원이 다르군.'

그도 그럴 것이 하나의 차원을 관리하는 이와 열한 개의 차원을 관리하는 이의 차이였다. 그만큼 어마어마한 차이가 났다.

아이가투스의 이름 앞에 붙는 '감각의 마왕'처럼 백차는 '저주의 마왕'이라는 이름을 지니고 있었다. 이름대로 그의 가장 큰 능력은 '저주'였다.

'이건 좀 더 알아봐야겠군.'

'시련을 벗어난 지 72시간이 지나면 누구든 죽는다'라는 스킬은 가지고 있어봤자 사용할 곳도 마땅치 않았다.

'그리고 정신 지배.'

신혁돈이 정신 지배를 떠올린 순간 그의 머릿속으로 수천에 달하는 드레이크들의 정보가 해일처럼 밀려 들어왔다.

갑작스러운 정보의 해일에 미간을 찌푸린 순간.

[칭호 '드레이크의 주인'을 획득하셨습니다.]
[모든 드레이크들의 왕, 에이션트 드레이크의 정신이 귀속되었습니다.]

메시지가 떠올랐고 그와 동시에 그의 머릿속에서 목소리가 울려 퍼졌다.

─나는 무엇을 하면 되는가?

사막에서 셀 수 없이 오랜 세월을 견뎌낸 암석의 목소리가 이러할까.

신혁돈은 자신의 머릿속에 울리는 목소리에 집중하며 되물었다.

'너는 누구지?'

─나는 쿠엔틴.

자신의 이름을 가지고 있으며 신혁돈의 정신에 대화를 걸 수 있는 존재.

'에이션트 드레이크인가.'

─날 그렇게 부르길 원하는가?

'무슨 소리지?'

─마왕의 위를 이은 이여, 나의 정신을 속박하는 자여, 나

를 시험하려 하는가?

그제야 방금 보았던 메시지의 내용이 이해가 되었고 신혁돈의 고개가 끄덕여졌다.

'너의 정신이 나에게 속박되어 있다라… 그렇군. 쿠엔틴. 모든 드레이크들의 왕이 당신인가?'

―당신의 말에 따르자면, 그렇다.

그의 말을 들은 순간, 머릿속에 떠돌던 정보들이 한순간에 정립되며 백차가 에이션트 드레이크의 정신을 속박한 것과 그를 통해 모든 드레이크들을 통솔했던 방법이 떠올랐다.

'내가 백차를 죽이고 그의 힘을 얻었으니 이제 너는 나를 따른다. 내 말이 맞나?'

―…그렇다.

백차와 하이노로의 힘을 얻었을 때와는 다른 희열이 가득 차올랐다.

에이션트 드레이크를 생각하는 것만으로 다룰 수 있다니!

'엄청난 수확이군.'

―무슨 소린가?

'아니다.'

정신이 연결되어 있다는 걸 깜박한 신혁돈은 쿠엔틴이 바로 앞에 있는 것처럼 고개를 휘휘 저은 뒤 말했다.

'모든 드레이크들의 왕, 쿠엔틴. 나는 백차처럼 당신의 정신

을 속박할 생각이 없다.'

─…그게 무슨 소리지?

'당신이 원하는 것은 무엇이지? 자유? 혹은 드레이크가 정착할 수 있는 차원?'

그가 물은 순간, 신혁돈은 머릿속에 노이즈가 낀 듯 아무런 소리도 들을 수 없어졌다.

찰나의 순간이 지난 뒤, 쿠엔틴이 말했다.

─이해할 수 없다.

'방금, 당신이 한 짓인가?'

─당신의 말을 이해하지 못해 혼란이 왔었다.

혼란을 겪는 것만으로 자신의 정신을 지배하고 있는 이의 정신을 어지럽힐 수 있을 정도의 고등 생명체.

그런 존재가 신혁돈이 한 말을 이해하지 못할 리 없었다.

그렇다는 것은.

'자유가 무엇인지 모르는 것인가.'

─아니, 알고 있다. 하지만 '그것을 내가 원해야 하는가?'에 대한 혼란이 왔던 것이다.

그의 대답에 외려 신혁돈의 머릿속이 어지러워졌다.

드레이크는 백차가 만든 생명체가 아닌, 존재하는 생명체의 정신을 지배한 것이다.

한데 자신이 원하는 바를 모른다?

'백차가 당신의 정신을 지배한 지 얼마나 지났지?'

─지난 시간을 묻는 것인가?

'그렇다.'

─시간이란 상대적인 것, 여러 차원에서 다르게 적용되는 것으로 세월을 규정지을 순 없다.

'무슨… 그래. 네 세월은 얼마나 지났지?'

─네 개의 차원이 멸망할 동안 나는 백차를 따랐다.

'…일단 내가 있는 곳으로 와라.'

─그렇게 하지.

정신의 연결이 끊어지자 신혁돈은 눈을 뜬 뒤 짧은 한숨을 내쉬었다.

쿠엔틴이 에이션트 드레이크임을 알게 된 순간, 신혁돈은 그와 그의 종족을 놓아줄 생각이었다.

물론 그냥 놓아주는 것이 아니라 마신을 처리한 후에도 살아남아 있다면 말이다.

이유는 간단하다.

원하는 것 없이 위에서 시키는 것만 따르는 이에겐 열정, 즉 목표를 완수해야 한다는 사명감이 없다.

그러니 원하는 것을 만들어주어 목숨을 걸게 만들 생각이었는데…….

원하는 것이 없다니.

그냥 이용해도 상관은 없었다.

하지만 지금의 쿠엔틴은 말 잘 듣는 로봇과 다를 것이 없었다. 스스로 사고할 수 없는 로봇은 셀 수 없는 세월 동안 쌓여온 그의 지식과 연륜을 사용할 수 없을 테니 지휘관으로 사용할 수 없다.

'문제군.'

신혁돈이 입술을 씹은 순간, 멀리서 거대한 에르그 에너지 덩어리가 날아오는 것이 느껴졌다.

그는 스스로 막아두었던 문을 부순 뒤 밖으로 나섰다.

바깥에는 갈 곳을 잃은 드레이크들이 멍한 눈으로 앉아 문을 바라보고 있었는데, 신혁돈과 눈을 마주침과 동시에 고개를 숙이며 복종을 표했다.

'내가 알던 드레이크와 다르다.'

드레이크는 드래곤과 비견될 정도로 자존심이 강하며 포악한 괴물이다.

게다가 어마어마한 에르그 에너지 보유량과 단단한 피부까지 더해져 '각성자들이 싫어하는 괴물 랭킹' 1위에 당당히 랭크될 정도.

그렇다고 이들의 본성을 깨우는 것 또한 위험했다.

그가 동굴 밖으로 완전히 나온 순간, 그의 머리 위로 거대한 그늘이 드리웠다.

고개를 들자 에이션트 드레이크, 쿠엔틴의 어마어마한 몸체가 그의 시야를 가득 메웠다.

'40… 아니 50m 정도인가.'

저 정도면 하늘거북과 비슷한 크기다.

쿠엔틴은 거대한 몸 때문에 협곡에 들어오지 못하고 바깥에 자리를 잡고 앉았다.

신혁은이 직접 그의 머리 앞으로 날아가 섰다.

신혁돈의 선 키보다 거대한 눈과 나무처럼 촘촘히 돋아 있는 이, 그리고 세월이 느껴지는 거친 가죽은 앞에 서는 것만으로 위압감이 느껴질 정도였다.

'백차보다 강할 수도 있겠군.'

만약 백차가 아닌, 에이션트 드레이크를 먼저 상대해야 했다면 신혁돈은 고전을 면치 못하는 것을 넘어서 패배한 뒤 꼬리를 말고 도망쳐야 했을지도 모른다.

"쿠엔틴."

—왜 부르는가.

그는 또다시 정신으로 말을 걸어왔고 신혁돈은 자신의 정신을 걸어 잠근 채 말로 대답했다.

"자유를 갈망하지 않나?"

—원해야 하는가?

"그렇다."

―그럼 갈망하겠다.

'…돌겠군.'

말이 통하지 않는다.

짧은 한숨을 내쉰 신혁돈은 한눈에 들어오지도 않는 쿠엔틴의 거체를 바라보며 말했다.

"드레이크가 몇 마리나 있지?"

―사백마흔일곱이 있다.

음?

"몇 마리라고?"

―사백마흔일곱이다.

자신은 마리라 물었는데 쿠엔틴은 마리라는 단어를 붙이지 않았다. 그냥 넘어갈 수도 있는 문제였지만 신혁돈은 그러지 않았다.

"개중 멜릭 드레이크… 아니지, 흰 비늘을 가진 드레이크는 몇 마리지?"

―쉰둘이다.

"몇 마리?"

―쉰둘.

'자존심인가.'

신혁돈은 더 묻기보단 단도직입적으로 말했다.

"내가 마리라는 말을 붙이는 것이 너의 기분을 상하게 하나?"

—…그렇지 않다.

미세한 틈.

신혁돈의 입꼬리가 슬쩍 올라갔다.

'자아가 완전히 죽진 않았군.'

쿠엔틴의 정신은 오랜 정신 지배로 인해 피폐해질 대로 피폐해져 있었지만 그 안에 자존심이라는 감정은 남아 있는 모양이었다.

하나의 실마리를 쥔 신혁돈은 고개를 끄덕인 뒤 말했다.

"내가 어느 차원에 있던 너와 대화할 수 있나?"

—그걸 왜 나에게 묻지?

아까는 순종적이던 놈이 이제는 반항기를 보인다.

헛웃음을 흘린 신혁돈은 눈을 감은 뒤 백차의 기억을 뒤져보았고, 곧 대화가 가능하다는 것을 알아낸 뒤 말했다.

"가능하군. 그래, 이 차원을 지키고 있어라."

—명령이라면 그렇게 하겠다.

말을 마친 쿠엔틴은 곧바로 몸을 일으켰다. 그의 몸이 움직임에 따라 지축이 흔들렸다.

마치 산이 움직이는 듯한 모습에 넋을 놓고 구경하고 있던 신혁돈은 쿠엔틴의 날개가 만들어낸 돌풍에 눈을 찌푸리면서도 그의 모습을 끝까지 눈에 담았다.

'갖고 싶군.'

얼마 전 엘 코로스 호랑이를 펫으로 길들이는 것도 실패했겠다, 신혁돈은 새로운 펫 후보를 보며 입맛을 다셨다.

*　　　*　　　*

공간이 갈라지며 보라색 액체가 흘러나왔고 액체는 곧, 지름 3m짜리 타원을 만든 뒤 굳어졌다.

찌저저적!

그리고 표면이 터져 나간 순간, 파도가 치듯 타원의 표면이 출렁거렸다. 그 사이로 백종화가 튀어나왔다.

"형님!"

백종화가 가이아의 공간에 들어서자마자 차원관문은 제 역할을 다했다는 듯 사라져 버렸다.

문을 통과한 백종화는 뒤를 한 번 돌아본 뒤 길드원들을 바라보며 말했다.

"백차는 죽었습니다."

"오오!"

"고생하셨습니다!"

"화이트 홀이 닫힐 때 얼마나 놀란 줄 아십니까."

길드원들이 축하를 하는 사이, 자리에서 일어선 이서윤이 그에게 다가서며 물었다.

"혁돈 씨는요?"

그녀의 말을 들은 길드원들은 그제야 신혁돈이 돌아오지 않았다는 사실을 깨닫고서는 경악한 얼굴이 되어 백종화를 바라보았다.

"남은 일을 처리하고 오신다고 하셨습니다. 백차는 죽었으니 걱정하지 않으셔도 됩니다."

백종화의 말에 일희일비를 거듭하던 이들은 안심한 표정으로 고개를 끄덕였고 윤태수는 그를 의자로 안내하며 물었다.

"어떻게 된 겁니까?"

"차원 전체를 둘러보지 않아서 모르겠지만… 일단 드레이크가 가장 많았습니다. 저와 혁돈 형님 둘로는 뚫고 갈 수 없을 정도로 말입니다."

백종화가 화두를 던졌고 이야기가 마무리될 때쯤, 호수가 보랏빛으로 물들며 신혁돈의 차원관문이 나타났다. 곧이어 신혁돈이 차원관문을 뚫고 나타났다.

그는 호수 위에 떨어졌음에도 불구하고 당황한 기색 하나 없이 호수 위를 걸어 길드원들이 있는 곳으로 다가왔다.

"…뭐지?"

그의 기행에 길드원들이 자신의 눈을 의심하는 것도 잠시, 다들 곧바로 가이아를 바라보았으나 그녀가 고개를 저음으로써 그의 순수한 능력임을 인지할 수 있었다.

"저건 뭐… 뭐 어떻게 하신 겁니까?"

신혁돈은 씩 미소를 지으며 마지막 걸음을 내디뎌 육지로 올라왔다.

윤태수는 그의 입에 걸린 미소를 보며 헛웃음을 흘렸다.

"어쨌거나 고생하셨습니다."

"그래."

길드원들의 인사를 받은 신혁돈은 곧바로 가이아를 바라보며 말했다.

"11개의 차원, 그리고 에이션트 드레이크를 얻었다."

가이아는 고개를 살짝 끄덕인 뒤 자신의 앞에 있는 소파를 가리켰다.

"말씀하세요."

신혁돈이 그곳에 앉아 대답했다.

"마왕의 힘. 그리고 그의 지식 또한 얻었지."

"예."

"하지만 내 지식이 아닌 남의 것을 흡수한 것이기에 내 것이 되기까지는 시간이 걸려. 게다가 오랜 시간을 살아온 마왕인 만큼 더욱 오래 걸리겠지."

"그렇겠죠."

"그러니 도움이 필요하다."

그의 당당한 모습에 가이아는 살짝 미소를 지은 뒤 답했다.

"11개의 차원은 모두 당신의 것이에요. 그곳에서 군대를 만들 수도 있고, 모든 시스템을 흡수해 버린 뒤 차원을 통합할 수도 있죠."

"후자가 마음에 드는군."

"그럴 줄 알았어요. 그리고 에이전트 드레이크라……."

가이아가 말끝을 흐리자 신혁돈이 그녀의 말을 받아 말했다.

"오랜 시간 정신 지배로 인해 자아가 소실된 상태다."

"자아를 되찾아주자니 정신 지배를 유지할 수 있을지 확신이 들지 않고… 그냥 사용하자니 본신의 힘을 끌어낼 수 없을 것 같다… 는 생각이신가요?"

마치 신혁돈의 생각을 읽기라도 한 대답에 그의 미간이 찌푸려졌다.

"그렇다."

"그건 저도 어찌할 수 없는 문제네요."

가이아는 어깨를 으쓱인 뒤 소파에 몸을 기댔고 신혁돈은 그녀를 바라보았다.

"방법이 없나?"

"선택의 차이 아닐까요? 위험을 감수하느냐, 그냥 쓰느냐. 섣부른 판단보다는 조금 더 길게 보시고 판단하는 게 옳을 것 같네요."

"그렇게 하지."

신혁돈이 고개를 끄덕이자 가이아가 말했다.

"다음 목표는 정하셨나요?"

"아이가투스로 생각하고 있는데. 네가 물은 이유가 있을 것 같군."

"예. 전 바커스를 추천드려요."

바커스라면 호루스의 눈을 조직해 인간끼리의 싸움을 조장하려던 마왕의 이름이었다.

"왜지?"

"그의 능력이 있다면 지금까지 당신에게 도움을 받은 괴물들, 그러니까 사막악어와 로스카란토, 하늘거북과 놈, 어쩌면 드레이크까지 전부 당신을 위해 싸우게 할 수 있어요."

"그들을 한 차원에 모으는 게 가능하단 말인가?"

"예."

가이아는 입술이 말랐는지 입술을 한 번 핥은 뒤, 말을 이었다.

제3장

한계를 넘다

"일단 백차의 휘하에 있는 모든 시스템을 흡수하고 오세요. 그들은 마신보다는 마왕의 말을 따르는 이들. 힘을 달라는 당신의 말에 복종할 거예요."

"그렇게 하지. 그리고 이곳의 위치는 아이가투스도 알고 있으니 바꾸도록."

"예."

신혁돈은 곧바로 일어서며 차원관문을 열었고 그와 동시에 말했다.

"다녀오는 동안 바커스를 잡을 계획을 세워둬라."

"네."

말을 마친 신혁돈이 차원관문을 통과하려는 순간 앉아 있던 가이아가 일어서며 그에게 손을 내밀었다.

"뭐지?"

"연락책이요."

신혁돈이 미간을 구기고 있자 가이아가 그의 손을 쥐었다.

신혁돈은 자신의 손으로 알 수 없는 에르그 에너지 덩어리가 넘어오는 것을 느꼈다.

그가 본능적으로 에르그 에너지를 밀어내려 하자 가이아가 그의 손을 쥐며 말했다.

"그러지 말아보세요."

나긋한 목소리와 손길에 신혁돈이 멈칫한 순간, 가이아의 에르그 에너지는 그의 오른손에 녹아들었고 신혁돈이 자신의 손을 내려다보며 말했다.

"무슨 짓을 한 거지?"

그가 묻자 가이아는 미소를 지었다. 그리고 그의 머릿속에 가이아의 목소리가 울려 퍼졌다.

─연락책이라고 했잖아요.

에이션트 드레이크가 사용한 것과 같은, 정신이 연결된 느낌의 대화 방법.

"…누구 마음대로?"

─당신이 허락한 말만 들을 수 있으니 걱정하지 마세요.

방법이 마음에 들지 않긴 했지만 유용하게 쓸 수 있는 능력이었기에 신혁돈은 더 말을 덧붙이지 않고 그녀에게 말했다.

"다른 이들과도 가능한가?"

─예

"육성으로 해라."

"…예. 가능해요. 해보실래요?"

신혁돈은 무슨 상황인지 파악하기 위해 애쓰고 있는 윤태수를 바라본 뒤 손을 내밀었고, 그는 영문도 모른 채 손을 잡았다.

그러고는 백차의 기억과 가이아의 방식을 그대로 따라해 윤태수의 손에 자신의 에르그 에너지를 심었다.

─들리나?

윤태수는 여전히 멍한 얼굴이었고 신혁돈은 몇 번의 시행착오 끝에 그의 머릿속에 목소리를 전달하는 데 성공했다.

"어… 예. 들리긴 합니다만 이거 굉장히 꺼림칙한 느낌인데요."

─익숙해져라.

"…예.

곧, 차례대로 모든 길드원들의 손에 에르그 에너지를 심은 신혁돈은 모두와 통신이 되는지 확인한 후 차원관문을 향해 발을 디뎠다.

그의 몸이 차원관문을 넘어감과 동시에 차원관문은 흔적도 없이 사라졌다.

길드원들은 짧은 한숨을 내쉬었다.

"어떻게 사람이 틈이라는 게 없어. 보통 일 하나를 끝내면 좀 쉬는 게 정상 아냐?"

"아직도 마스터가 사람으로 보이세요?"

고준영과 김민희의 만담 아닌 만담에도 길드원들은 웃기는커녕 땅이 꺼져라 한숨만 폭폭 쉬어댔다.

*   *   *

차원의 좌표, 그리고 차원관문을 유지할 수 있을 정도의 에르그 에너지.

두 가지를 모두 보유한 신혁돈은 곧바로 백차의 첫 번째 시련을 담당하는 시스템으로 이동했다.

시스템은 하이노로 때와 똑같이 거대한 차원석으로 이루어져 있었으나 하위 개체라서 그런지 그에게 말을 걸지도, 본체로 현신하지도 못했다.

주변을 한 번 둘러본 신혁돈은 곧바로 차원석에 손을 얹은 뒤 에르그 에너지를 흡수하기 시작했고 얼마 지나지 않아 모든 에르그 에너지를 흡수할 수 있었다.

'적군.'

차원석에 깃들어 있는 에르그 에너지는 신혁돈이 하이노로의 힘을 흡수하려 할 때 보유하고 있던 양보다 적었다.

노란빛을 모두 잃은 차원석은 거대한 돌덩어리가 되었다.

그것을 확인한 신혁돈은 시스템의 기억을 싹 훑은 뒤 두 번째 시련으로 이동하려 차원관문을 열었다.

신혁돈이 발을 디딘 순간.

—아아, 들리나요?

그의 머릿속에 가이아의 목소리가 울려 퍼졌다.

자신의 생각도 아닌, 다른 사람의 목소리가 두개골 속에 울려 퍼지는 기분은 굉장히 묘했다. 그리고 신혁돈은 그 묘한 느낌을 '기분 나쁘다'고 느끼고 있었다.

미간을 확 구긴 신혁돈은 차원관문에서 한 걸음 물러서며 답했다.

"왜."

—잘하고 계신가 해서요.

"쓰잘머리 없는 이유로 연락하지 마라."

—매정하시네요. 한때는 신이라고 두둔해 주셨으면서.

신혁돈은 대답 대신 정신을 닫아버렸고 가이아의 목소리는 더 이상 들리지 않았다. 더 급한 일이라면 무슨 수를 써서라도 연락하려고 할 테니 굳이 신경 쓸 필요가 없었다.

두 번째를 지나 셋째, 넷째까지.

반항은커녕 반응도 없는 시스템들의 에르그 에너지 수거를 마친 신혁돈은 자신의 몸이 변하고 있는 것을 느꼈다.

마치 풍선에 물을 가득 담은 듯, 그의 몸속에 있는 에르그 에너지가 당장이라도 몸 밖으로 뛰쳐나가고 싶어 하는 느낌.

'각성인가.'

2차나 3차 같은 하위 개념의 각성이 아닌, 몸이 더 이상의 에르그 에너지를 수용할 수 없을 때 벌어지는 진정한 의미를 가진 각성의 전조가 그의 몸에서 보였다.

저번 삶에서도 겪지 못했던, 말로만 들어본 각성의 상태.

'토벨름.'

일명 '토벨름 호흡법'을 개발한 사람으로 숨을 쉬는 것만으로 에르그 에너지를 축적할 수 있는 능력을 가진 인도 사람이었다.

그는 어지간한 시스템 이상의 에르그 에너지를 모았으나 제대로 사용하는 방법을 알아내지 못했고 책 한 권을 남긴 채 사망하고 말았다.

그가 쓴 책은 전 세계적으로 어마어마하게 팔렸으며 한때는 토벨름 호흡법이 모든 각성자들 사이에 유명세를 타기도 했었다.

토벨름 외의 사람에게는 별 효과가 없다는 것이 알려지고 나서는 사장되었으나 그의 책에는 호흡법 외에도 에르그 에너지 보유량에 따른 각성에 대해 쓰여 있었다.

대부분의 각성자들은 그런가 보다 하고 넘어갔지만 윤태수는 그러지 않았다. 그는 신혁돈에게 책의 구절을 보여주며 이야기했었다.

'형님, 그렇게 괴물 먹다 보면 언젠가는 이런 단계에도 오르지 않겠습니까?'

그가 보여준 구간에는 '진정한 각성'이라는 말이 쓰여 있었다. 더불어 인간의 신체가 가질 수 있는 에르그 에너지의 한계에 대해 적혀 있었다.

사람에 따라, 그리고 어떤 방식으로 성장했냐에 따라 인간의 에르그 에너지 보유 한계량은 다르게 정해진다. 하지만 그 절댓값은 정해져 있기 마련이고 보통의 인간은 보통의 방법으로 한계를 뚫을 수 없다.

나 또한 마찬가지이며 그 한계를 넘을 방법을 찾지 못하고 있다.

비록 나는 넘지 못할지라도 이 단계에 다다를 사람이 누군가 있다면 조금이라도 도움이 되길 바라는 마음에, 내가 시도

한 방법에 대해 서술해 두도록 하겠다.

당시 신혁돈은 강한 괴물을 섭취할수록 몸으로 흡수되는 에르그 에너지 손실량이 더욱 많아지고 있다는 것을 깨닫고 방법을 찾던 차였기에, 평소에 거들떠보지도 않던 책을 정독했고 그 덕에 어렴풋이 기억하고 있었다.

"절댓값이라."

한 명의 마왕과 하이노로, 그리고 하위 시스템 4개와 수많은 괴물들을 섭취한 지금에서야 인간의 한계에 다다랐다는 것이 신기하게 다가왔다.

토벨름의 책에 따르면 그는 최후의 순간, 15등급의 괴물들과 같은 양의 에르그 에너지를 보유하고 있었다고 전해진다.

에르그 에너지만 따지자면 신혁돈은 측정 외의 괴물, 그 이상의 마왕들과 버금가는 에르그 에너지를 보유하고 있다.

다섯 번째 시련으로 향하는 차원관문을 열어두고 있던 신혁돈은 고개를 휘휘 저었다.

이 상태로 다섯 번째 시스템을 흡수해 봤자 손실량만 커질 뿐 제대로 된 에르그 에너지 수급을 할 수 없을 것 같았기 때문이었다.

그리고 그럴 필요도 없었다.

인간이 가지고 있는 시스템을 만든 이, 가이아와 마음 내킬

때마다 대화를 할 수 있는데 무엇 하러 시간 낭비를 하겠는
가.

'가이아.'

—예?

'어디지?'

—이사 중인데요. 왜요? 벌써 끝났어요?

마치 옆집에 살고 있는 친구와 통화를 하는 기분에 신혁돈
은 알 수 없는 위화감을 느끼며 통신을 끊어버린 뒤 윤태수와
연결했다.

'어디지?'

—어? 뭐야?

'나다.'

—아, 형님?

'그래.'

—어… 이렇게 말하면 들리는 겁니까?

'그래, 어디냐?'

—서윤 씨네 집입니다.

'…뭐?'

—어쩌다 보니 이렇게 되긴 했습니다만, 괜찮지 않습니까?

'알았다.'

통신을 끊은 신혁돈은 곧바로 이서윤의 집으로 향하는 차

원관문을 열었다.

그의 눈앞에 보랏빛 공간이 열리고 신혁돈이 관문을 향해 발을 디디려는 순간.

챙그랑!

그의 차원관문이 깨져 나가며 에르그 에너지가 허공으로 흩어져 버렸다.

처음 겪는 현상에 신혁돈은 미간을 구긴 뒤 다시 한 번 이서윤의 집으로 향하는 차원관문을 만들었지만 똑같이 깨져 나갔다.

"뭐지?"

두 번의 실패.

신혁돈의 에르그 에너지 분배와 스킬의 활성은 문제가 없었다. 즉, 누군가가 방해를 하고 있다는 뜻.

'아이가투스는 아니다.'

아이가투스가 개입을 했다면 에르그 에너지의 움직임이 있었을 것이었고 신혁돈이 알아채지 못할 리가 없었다.

그렇다는 것은 장소의 문제.

'가이아.'

—네?

'차원관문이 열리지 않는데 네 짓인가?'

—짓이라뇨.

'맞아, 아니야?'

—맞아요. 정확히는 차원문을 열리지 않게 한 게 아니라 좌표를 없애 버린 거긴 하지만요. 이쪽 좌표로 오세요.

가이아는 새로운 좌표를 불러주었고 그녀가 불러준 좌표로 차원관문을 열자 이번엔 제대로 작동했다.

'시스템은 시스템이라는 건가.'

좌표를 없앤다는 것은 공간 자체를 숨긴다는 말과 같았다. 그러면서도 신혁돈이 이동할 수 있도록 임의의 공간을 설정한 것이다.

즉, 지구가 있는 차원 자체를 자기 마음대로 주무를 수 있는 능력을 가지고 있다는 뜻이었다.

'백차보다 까다로울 수도 있겠어.'

백차는 자신만 아는, 어떻게 보면 상대하기 가장 쉬운 적이었다. 하지만 가이아는 달랐다.

신혁돈뿐만 아니라 모든 길드원들의 능력을 알고 있는 것으로 모자라 그들이 사용하는 힘을 만든 존재다.

'대비는 해야겠군.'

차원관문을 슥 바라본 신혁돈은 입술을 한 번 비죽인 뒤 발을 내디뎠다.

차원관문을 통과해 이서윤의 집 지하실에 도착한 신혁돈

은 전과는 사뭇 다른 느낌에 주변을 둘러보았다.

"벌써 오셨습니까?"

차원관문을 넘자 근처에 서 있던 윤태수가 다가오며 물었고 신혁돈은 그의 뒤에 있는 것을 바라보며 물었다.

"저건 뭐냐?"

윤태수는 뒤를 휙 돌아본 뒤 신혁돈에게 말했다.

"가이아의 공간입니다."

이서윤의 집 전체에서 가이아의 에르그 에너지가 풀풀 풍겨 나오고 있었으니 그 정도야 묻지 않아도 알 수 있었다.

한데 이건 좀 달랐다.

지하실 전체가 아예 다른 공간이 되어 있었으며 그 중앙에는 가이아의 집이 그대로 옮겨져 있었다.

공간 전체를 어떻게 바꾼 것인지 천장은 신혁돈이 강신을 해도 머리가 안 닿을 정도로 넓어져 있었고 그의 발 앞에는 호수의 수면이 찰랑거리고 있었다.

"전체를 옮겨온 건가?"

"예."

신혁돈은 고개를 들어 공간 전체를 살펴보았다. 곧 그의 머릿속에 있는 백차의 기억이 꿈틀거리며 지식을 토해냈다.

마치 책을 읽듯 머릿속에 펼쳐지는 기억의 조각들을 쭉 읽어본 신혁돈은 공간을 옮긴 방법에 대해 이해할 수 있었고 고개를 끄덕였다.

"대단하군."

지하실은 가이아의 공간과 똑같이 변해 있었다. 그리고 신혁돈의 등 뒤로는 1층으로 올라가는 계단이 있었다.

"가이아는?"

"집 안에 있습니다."

"따라와."

신혁돈은 곧바로 호수 위를 걸어 건너기 시작했다. 윤태수는 그의 모습을 보며 미간을 찌푸렸다.

전에 보았던 사공도 보이지 않는 상황. 윤태수는 호수를 건널 방법을 찾다가 결국 저 멀리에서 호수 위를 걸어가고 있는 신혁돈에게 물었다.

"저는… 어떻게 건넙니까?"

"에르그 에너지를 이용해."

"…예?"

신혁돈은 그에게 보여주려는 듯 에르그 에너지를 과하게 사용하며 수면 위를 걷기 시작했다. 윤태수는 그의 움직임을 보며 온 감각을 집중했다.

'에르그 에너지를 다리 쪽으로 끌어온 뒤, 수면과 발바닥 사이에 에르그 에너지의 막을 만든다. 그리고 반발력을 이용해 수면 위를 걷는… 건가?'

방법은 간단했다.

문제는 에르그 에너지의 운용.

분명 그와 똑같은 방식으로 에르그 에너지를 움직이고 있었지만 세밀한 컨트롤이 되지 않았다.

'뭐가 문제지?'

스킬을 사용하는 것과는 다른 문제.

신혁돈은 어느새 가이아의 집으로 들어가 버렸고 윤태수는 그의 뒷모습을 보며 미간을 찌푸렸다.

"훈련 같은 건가?"

이깟 호수, 수영해서 건너면 몇 분도 걸리지 않을 것이었다.

하지만 자존심이 걸린다.

윤태수는 이를 악물고서 가이아의 집을 바라본 뒤 길게 숨을 내쉬었다. 그러고는 호수를 향해 발을 내디뎠다.

풍덩!

촤아아아!

무언가가 물에 빠지는 소리가 공간 전체를 울렸고 그와 동시에 가이아의 집 문이 열렸다. 문을 통해 들어오는 신혁돈을 본 가이아는 살짝 미소를 지으며 그에게 물었다.

"태수 씨, 왜 저래요?"

"글쎄."

신혁돈은 그녀의 앞에 앉았다. 가이아는 고개를 갸웃하며 그의 뒤에 난 창문으로 호수를 한 번 바라본 뒤 신혁돈에게 시선을 던졌다.

"뭐 그건 그렇다 치고, 어쩐 일이세요?"

"인간, 그러니까 우리가 사용하는 모든 스킬과 성장 시스템은 네가 만든 게 맞지?"

"그렇죠."

"그럼 네가 고칠 수도 있겠지."

신혁돈의 말에 가이아는 어이가 없다는 표정을 지으며 그에게 말했다.

"…시스템에 손을 대서 길드원들을 강하게 만들어 달라, 뭐 이런 건가요? 그런 건 불가능……."

"아니, 그런 걸 바라는 게 아니다."

"그럼요?"

"리미트를 해제해 줘."

"…예?"

"인간들이 말하는 1차, 2차 각성 이런 것 말고 인간이라는 종족에게 걸려 있는 리미트."

예상치 못한 질문에 가이아는 얼떨떨한 표정으로 답했다.

"그건 제가 설정한 게 아니에요. 인간이라는 종족이 가진 한계죠."

그녀의 말을 들은 신혁돈은 짧게 머리를 긁적인 뒤 물었다.

"시스템이나 마왕들이 육체를 갖지 않는 이유가 그것인가?"

"그렇다고 볼 수 있죠. 아무래도 육체는 약점이나 한계가 분명하니까요."

"그럼 리미트를 해제할 수 있는 방법은?"

"글쎄요… 정신체가 되는 방법 외에는 잘 모르겠어요."

가이아는 정말 모르겠다는 듯 소파에 기대며 생각에 잠겼고 신혁돈 또한 등을 기댔다.

풍덩!

그때 윤태수가 다시 한 번 물에 빠지는 소리가 들렸다. 진지한 얼굴을 하고 있던 가이아는 헛웃음을 흘렸다.

"그런데 이제 한계에 도달하신 건가요? 성장 속도로 봐서는 예전에 인간의 한계를 돌파하셨을 거라 생각했는데 말이죠."

신혁돈은 짧게 고개를 끄덕인 뒤 창밖을 바라보았다.

수영을 잘한다는 말이 거짓말은 아니었는지 호수 중간에서 허우적거리던 윤태수는 깔끔한 수영 실력을 뽐내며 입구로 되돌아가고 있었다.

그놈의 자존심이 뭔지, 호수 전체를 걸어서 통과할 생각으로 보였다.

그에게서 시선을 돌린 신혁돈이 가이아를 바라보자 그녀가 물었다.

"괴물들의 에르그 기관을 섭취해서 그런가? 일반적인 각성자들보다 굉장히 늦네요."

신혁돈은 대답 대신 고개를 끄덕였다. 그러자 가이아가 말을 이었다.

"제가 지나온 차원 중에 '돈토'라는 차원이 있었어요. 그곳의 원주민들 또한 돈토라는 이름으로 불렸는데 그들은 지능도, 신체적 능력도 전무한… 그러니까 식물에 가까운 이들이었죠. 하지만 그들이 보유한 에르그 에너지는 엄청났어요."

신혁돈은 금세 그녀의 이야기에 집중한 듯 허리를 꼿꼿이 세웠다. 가이아는 그의 모습에 살짝 미소를 지으며 말을 이었다.

"어쨌거나 재배를 해야 했기에 저는 괴물들을 투입했고 돈토들을 학살했죠. 그리고 돈토들에게 '능력'을 준 순간, 그들은 진화했어요. 각자 필요한 개체가 되었죠. 어떤 이들은 생각을, 어떤 이들은 전투를, 이런 식으로 말이에요."

"말이 길어지는군, 결론이 뭐지?"

"돈토들은 종족이 지닌 한계를 넘어섰고 결국 진정한 의미의 각성을 해냈죠."

"그러니 나도 가능할 것이다?"

"뭐 그렇다는 거죠."

가이아는 이야기의 끝을 맺으며 고개를 끄덕였고 신혁돈은 미간을 찌푸렸다.

성공한 이들의 성공 신화를 듣는다 해도 그들은 그들만의 방법으로 성공한 것이다. 그들의 책을 아무리 읽고 그대로 따라한다 한들 그들과 똑같은 자리까지 올라갈 순 없었다.

"하나도 도움이 안 되는군."

"아닌데요?"

"왜 네가 판단해?"

신랄한 비판에 가이아가 눈을 부라렸지만 신혁돈이 눈 하나 깜짝할 리 없었다.

"…그래서 어떻게 할 건데요?"

"방법을 찾아야지."

말을 마친 신혁돈은 고개를 돌려 입구를 바라보았고 그와 동시에 손잡이가 돌아가며 문이 열렸다.

그리고 그 자리에는 머리부터 발끝까지 흠뻑 젖어 숨을 헐떡대고 있는 윤태수가 서 있었다.

"…성공했습니다."

윤태수가 집 안으로 발을 내딛은 순간 그의 몸을 적시고 있던 호수의 물이 싹 빠져나와 다시 호수로 돌아갔다.

윤태수는 어안이 벙벙해진 얼굴로 가이아와 호수를 번갈아 보았다.

"뭡니까?"

"하나의 생명체라고 보시면 돼요."

"호수가 말입니까?"

"예."

호수 물을 잔뜩 먹은 윤태수는 갑자기 속이 역해지는 것을 내리누르며 신혁돈의 옆에 앉았다.

그의 누렇게 뜬 얼굴을 본 가이아는 해맑게 웃었다. 신혁돈이 그를 바라보며 말했다.

"강해지고 싶지?"

"…예? 예. 그렇긴 합니다만… 서윤 씨한테 처음 문신 받을 때처럼 굉장히 불안한 느낌이 뒷덜미를 타고 척추까지 울리는데 말입니다."

"싫어?"

"…뭐 할 건지 물어봐도 됩니까?"

"각성."

"3차 각성 말입니까?"

"아니, 진정한 의미의 각성."

신혁돈의 모호한 대답에 윤태수는 가이아를 바라보았다. 가이아는 고개를 끄덕이며 말을 덧붙였다.

"뭐랄까, 인간의 한계를 넘어서는 각성이에요. 제 생각으로는 자신이 하기엔 에르그 에너지의 소모가 너무 큰 데다가 그 위험성도 너무 크니, 태수 씨로 실험을 하려는 걸로 보여요."

가이아가 꽤 길게 말했지만 윤태수의 귀에 들린 것은 몇 단어 없었다.

인간의 한계. 각성. 큰 위험성. 실험.

그녀의 말이 끝난 순간, 윤태수는 한 치의 고민도 없이 답했다.

"하다 죽을 수도 있습니까?"

"아니."

"그럼 몸 어딘가가 불편해진다거나, 다신 에르그 에너지를 사용할 수 없어진다거나?"

"그건 모르겠군."

너무나 정직한 대답에 윤태수는 헛웃음을 흘렸고 그 모습을 본 신혁돈이 말을 덧붙였다.

"내가 컨트롤할 수 있을 정도로만 할 생각이니 죽는다든가, 반신불수가 된다거나 할 확률은 극히 적다."

"어쨌거나 있다는 거 아닙니까?"

"그렇지."

윤태수는 아랫입술을 깨물며 천장을 바라보았다.

인간은 언제든 죽을 위험을 가지고 산다. 사고를 당할 수도, 괴물에게 죽을 수도 있으며 샤워를 하고 나오는 길에 발이 미끄러져 뇌진탕으로 죽을 수도 있다.

'…지랄.'

애써 자기 합리화를 하던 윤태수는 자신의 머리를 마구 헝클어뜨린 뒤 물었다.

"꼭 필요한 겁니까?"

"아니면 안 하지."

"…꼭 제가 해야 하는 겁니까?"

"아니. 이건 기회를 주는 거다."

어째서인지 미친 과학자가 순진한 아이를 꾀어 슈퍼맨으로 만들어주겠다는 말을 들은 느낌이었지만 윤태수는 고개를 끄덕일 수밖에 없었다.

'언제까지 형님 홀로 맞설 순 없다.'

누군가는 그와 어깨를 나란히 하며 힘을 보태줄 필요가 있었고, 신혁돈이 굳이 말을 하지 않더라도 이 일은 그것의 발판이 될 가능성이 높았다.

윤태수는 천천히 고개를 끄덕인 뒤 가이아를 바라보았다.

"도와주실 겁니까?"

"그럼요."

그녀는 걱정하지 말라는 듯 그를 향해 미소를 지어주었다. 그것 하나에 가슴속에서 꿈틀거리던 모든 불안감이 날아가는 느낌이 들었다.

"그럼 합시다."

윤태수의 말에 신혁돈은 미소를 지으며 윤태수를 바라보았다. 그와 눈을 마주한 윤태수는 알 수 없는 불안감을 느끼며 억지로 미소를 지었다.

＊　　　　＊　　　　＊

가이아의 공간.

원래 집이 있던 자리에는 세 개의 의자만 놓여 있었다. 집은 온데간데없이 사라져 있었으며 신혁돈과 윤태수, 그리고 가이아가 의자에 앉아 서로를 바라보고 있었다.

"시간이 얼마나 있지?"

"글쎄요. 누군가의 공격, 그러니까 아이가투스나 혹은 외의 마왕들이라면 적어도 한 달 이상의 시간이 있어요."

"바커스를 공격하기 위한 시간은?"

"백차가 당했으니 다음 차례는 나다, 하고 대비를 하지는 않을 거예요. 그래도 평소보다 경계하긴 하겠지만 말이죠."

"미니멈 한 달이라는 건가."

"예."

그 정도면 충분하다.

그 정도의 시간이면 그간 흡수한 백차와 하이노로의 지식과 힘을 온전히 자신의 것으로 만들 수 있을 것이며 패러독스 전체를 인간의 한계에서 벗어날 수 있게 만들 수 있을 것이다.

"그럼 시작하지."

신혁돈이 자리에서 일어서며 윤태수를 바라보자 윤태수는 침을 꿀꺽 삼키고서 그를 바라보았다.

"눈을 감고 몸으로 흘러들어 오는 에르그 에너지를 느껴."

"예."

윤태수가 눈을 감자 그의 뒤로 돌아간 신혁돈이 윤태수의 등에 손을 얹었고 곧바로 에르그 에너지를 주입하기 시작했다.

그 순간, 윤태수의 눈이 번쩍 뜨였다.

"이건……."

그간 느껴본 적 없는 순수한 에르그 에너지가 몸 안 가득 차오르는 것을 느낀 윤태수는 말을 이으려다가 늦게나마 신혁돈의 말을 기억해내곤 입과 눈을 닫았다.

'맙소사……'

10초나 지났을까.

그가 지금까지 보유하고 있던 에르그 에너지보다 많은 양의 순수한 에르그 에너지가 그의 몸을 가득 채우고 있었다.

그것으로 모자라 신혁돈의 에르그 에너지는 그의 몸 전체를 돌며 생기를 불어넣었고 윤태수는 새로 태어난 기분에 몸을 맡겼다.

그때.

"정신을 잡아."

신혁돈의 목소리가 그의 머릿속에 울렸다. 윤태수는 간신히 정신을 붙잡았다.

얼마나 지났을까.

자신의 몸을 살피고 있던 윤태수는 몸속을 가득 채운 에르그 에너지가 갈 곳을 잃고 헤매는 것을 느꼈다.

'어라?'

갈 곳을 잃은 에르그 에너지는 몸속을 돌기 시작했고 얼마 지나지 않아 점점 더 큰 기세로 그의 몸을 휘돌기 시작했다.

'컨트롤할 수 없다.'

무언가가 잘못된 것을 깨달은 윤태수는 곧바로 에르그 에너지에 간섭하려 했으나, 거대한 에르그 에너지의 기류는 윤태수의 통제에 따르긴커녕 더욱 빠른 속도로 그의 몸속을 돌고 돌았다.

'이러다간… 터진다!'

방금까지만 해도 하늘을 날 것 같은 기분을 느끼고 있던 윤태수는 순식간에 나락으로 떨어진 기분에 미간을 구기며 에르그 에너지 컨트롤에 집중했다.

아무리 집중해도 에르그 에너지는 멈추지 않았고, 그의 몸을 터뜨려 버리겠다는 듯 박차를 가하며 더욱 속도를 높였다.

'이런 쌍…….'

그럼에도 신혁돈은 에르그 에너지를 주입하는 것을 멈추지 않았고, 이제 윤태수는 자신의 몸을 자신의 의지대로 움직일 수 없게 되었다.

'…설마.'

죽나?

이렇게 허무하게?

그의 머릿속에 죽음이 가득 찬 순간.

신혁돈의 손이 떨어졌다. 그와 동시에 몸속을 돌고 있던 에르그 에너지들은 통제를 잃고 그의 몸을 벗어나 사방으로 퍼져 나가기 시작했다.

신혁돈은 그것을 예상했다는 듯 대기 중에 퍼진 에르그 에너지를 흡수하며 윤태수에게 말했다.

"네 한계를 느꼈나?"

몸 안을 가득 채우고 있던 에르그 에너지 중 거의 반절 이상이 날아가 버렸으나 그래도 원래 가지고 있던 에르그 에너지보다 배 이상 많았다.

윤태수는 대답할 여유조차 없는지 멍한 얼굴로 자신의 손을 내려다보고 있었다.

그때 거대한 에르그 에너지의 파동을 느낀 길드원들이 허겁지겁 지하실로 내려왔고 호수 건너 모여 있는 세 사람을 보고서 소리쳤다.

"무슨 일 있습니까?"

"아니… 이리 넘어와라."

아무 일 아니라 말하려던 신혁돈은 어차피 저들 또한 한계를 넘어야 한다는 것을 깨닫고서 건너편으로 불렀다.

그리고 실험체는 많으면 많을수록 좋은 법.

그들이 호수를 보며 우물쭈물하고 있자 가이아는 예의 그 미소를 짓더니 박수를 두 번 쳤다.

촤아아악!

그러자 호수의 정 가운데에서 나룻배가 솟아났다. 그 위에서 검은 로브를 입은 이가 노를 저어 길드원들을 향했다.

길드원들이 옹기종기 나룻배로 오르는 사이 신혁돈이 물었다.

"저건 뭐지?"

"나룻배요?"

"그 위에."

"아아, 서번트. 괴물이라 생각하시면 편하실 거예요."

신혁돈은 열심히 노를 젓고 있는 후드, 서번트를 한 번 바라본 뒤 윤태수에게 고개를 돌렸다.

그는 정신이 돌아왔는지 에르그 에너지를 이리저리 돌리며 확 달라진 몸 상태를 점검하고 있었다.

"어때?"

"새로 태어난 기분입니다. 근데… 뭔가 반쯤 잃어버리고 새로 태어난 것 같습니다."

"그렇겠지."

몸속을 뛰놀던 에르그 에너지가 반 가까이 날아가 버렸으니.

하지만 윤태수가 가질 수 있는 에르그 에너지의 최대량은 이미 넘긴 상태였고, 반 이상 날아간 에르그 에너지는 그의 성장 가능성을 나타내는 것이었다.

"한계를 넘으면 잃어버린 반도 찾을 수 있을 거다."

신혁돈의 말에 멍하니 있던 윤태수의 눈에 이채가 띠었다.

"정말입니까?"

신혁돈은 대답 대신 윤태수를 바라보았다. 윤태수는 그의 눈에 담긴 진심을 읽었다.

"…어떻게 하면 되겠습니까?"

"나도 모른다."

윤태수는 코끝을 찡그렸다가 손등으로 코를 슥슥 문지른 뒤 말했다.

"그럼 방금 했던 거 한 번 더 할 수 있겠습니까?"

"그러지."

윤태수는 다시 눈을 감았고 신혁돈은 그의 등에 손을 얹었다.

'온다.'

두 번째라고 조금은 익숙해진 순수한 에르그 에너지가 그의 등을 통해 온몸으로 퍼지고 있었다.

'내 몸에 정착시킨다.'

그의 몸이 에르그 에너지를 더 이상 받아들이지 못하는 것이 한계라면, 그 이상 에르그 에너지를 받아들일 수 있는 순간 한계가 깨진다는 뜻이다.

자신만의 해석으로 결론을 내린 윤태수는 몸속으로 들어오는 에르그 에너지를 컨트롤하기 위해 온 정신을 집중했다.

그사이, 길드원들은 호수를 건너 세 사람이 있는 곳에 도착했고 가이아에게 물었다.

"저게 뭐 하는 겁니까?"

가이아는 한계와 그것을 돌파하기 위한 방법을 찾고 있다는 것을 차근차근 설명해 주었고, 그들이 모든 설명을 이해할 때쯤 신혁돈이 윤태수의 등에서 손을 뗐다.

윤태수는 긴 숨을 들이쉬며 앞으로 넘어졌다.

"허어억!"

새하얗게 질린 윤태수의 몸에서 샛노란 에르그 에너지가

뭉글뭉글 흘러나왔다.

신혁돈은 손을 내밀어 그 에르그 에너지들을 흡수했다.

마치 인간의 영혼을 빼앗는 듯한 괴랄한 모습에 길드원들은 미간을 구겼고 고준영의 경우에는 숨 새는 소리를 내며 뒷걸음질을 쳤다.

"몸에 안 좋을 거 같은데 말입니다."

"네가 봐도 그렇지?"

"태수 형님 얼굴만 봐도… 금방이라도 죽을 것 같은데 말입니다."

그때 윤태수의 몸에서 흘러나온 에르그 에너지를 전부 흡수한 신혁돈이 길드원들을 바라보았다. 그의 시선을 피하지 못한 고준영이 그와 시선을 마주했다.

"이리 와."

고준영은 황급히 시선을 돌리며 옆 사람을 보았고 그와 눈을 마주친 한연수 또한 고개를 휙 돌렸다.

두 사람을 보고 있던 백종화는 짧게 한숨을 쉬고서 신혁돈에게 걸어가며 말했다.

"뭘 하면 됩니까?"

"눈을 감고 에르그 에너지를 느껴라."

그의 말을 들은 백종화는 의자에 앉은 뒤 살짝 긴장한 듯 입술을 깨물었다.

"그럼 시작하지."

*   *   *

일주일이 지났다.

그동안 신혁돈은 모든 길드원들의 몸에 가득 찰 정도의 에르그 에너지를 넣어주었다.

길드원들은 각자의 방법으로 한계를 뚫기 위해 노력하고 있었다.

모두가 비슷비슷한 한계를 가지고 있었으나 개중 돋보이는 이는 의외로 김민희였다.

그녀의 스킬인 무한한 생명력과 무슨 연관이 있는 것인지 그녀의 한계점은 길드원 셋을 합친 것보다 높았다.

하루에 두 번씩 신혁돈에게 에르그 에너지를 받아 한계에 도전하는 일상.

자신의 차례가 아닌 길드원들은 가이아의 공간에 옹기종기 모여 앉아 다른 이를 지켜보거나 대화를 나누었다.

그리고 김민희의 차례가 되었을 때.

"신기하단 말이야."

"그러게 말입니다."

그들이 느끼기에도 김민희의 에르그 에너지 보유량은 자신들보다 훨씬 많았으며 농도 또한 짙었다.

"무슨 차이일까?"

"그냥 타고난 것 아니겠습니까?"

윤태수의 말에 대답한 고준영의 시선이 신혁돈에게로 향했다. 그의 시선을 따라 신혁돈을 바라본 윤태수는 헛웃음을 지으며 말했다.

"맞아. 저 양반을 보면 그냥 타고난 게 분명해."

"아뇨, 노력이죠."

그들의 대화를 듣고 있던 가이아가 두 사람에게 시선을 던지며 말했다. 대화를 듣고 있던 길드원들의 시선이 모두 가이아에게로 향했다.

"제가 노력이라 말한 이유를 설명해야 할 것은 분위기네요."

가이아는 자신에게 쏠린 시선이 부담스럽다는 듯 살짝 미소를 지은 뒤 말을 이었다.

"시스템을 설계할 때, 저는 어떠한 히든 피스도 만들지 않았어요."

"…예?"

그녀의 말에 길드원들의 눈에 의심이 가득 차올랐다.

그들이 알고 있는 히든 피스만 몇 가지던가.

당장 눈앞에 서 있는 신혁돈만 하더라도 히든 피스 스킬을 보유한 사람이 아니던가?

그리고 퀘스트만 하더라도 '히든 피스 발동'이라는 말과 함께 튀어나오는 게 한두 가지가 아니다.

그들의 눈에 서린 의심을 읽은 가이아는 손을 휘휘 저으며 말을 이었다.

"아뇨. 제 말은 '운에 의한' 히든 피스요. 시스템상 운에 의해 얻을 수 있는 히든 피스는 없어요. 그 누구라도 노력을 해야만 히든 피스, 그러니까 숨겨진 조각을 얻을 수 있죠. 그리고 숨겨져 있는 조각을 얻는다 해서 끝이 아니에요. 얻을 때 했던 노력의 배 이상을 노력해야 그것을 자신의 것으로 만들 수 있죠."

길드원들은 가이아의 말에 동의하는 듯 고개를 끄덕였지만 고준영은 그렇지 않다는 듯 고개를 저으며 말했다.

"그럼 태수 형님의 문신 같은 건 어떻게 되는 겁니까?"

"서윤 씨의 노력과 태수 씨의 노력이 합쳐진 결과죠."

"그건… 운 아닙니까?"

"예. 아니에요. 그저 변수의 조합일 뿐."

고준영은 이해가 되지 않는다는 듯 주위 사람들을 바라보며 '그게 운 아닌가?' 하고 물었지만 그의 말에 대답해 주는 이는 없었다.

고준영이 자신만 멍청이가 될 수 없다는 듯 한연수를 부른 순간.

"끄으으……."

김민희의 입에서 고통에 찬 신음이 흘러나왔고 길드원들의 시선이 그녀에게로 집중되었다.

"세… 세상에."

김민희의 얼굴이 터질 듯 붉어져 있었고 툭툭 튀어나온 혈관에는 피 대신 샛노란 에르그 에너지가 흐르고 있었다.

그럼에도 신혁돈은 손을 떼지 않았다.

김민희의 몸은 마치 풍선처럼 부풀어 오르기 시작했다.

"어… 저거 괜찮은 거예요?"

당황한 이서윤이 가이아에게 물었지만 가이아 또한 모르겠다는 얼굴로 김민희를 바라보고 있었다.

이대로 보고 있을 수 없다 생각한 이서윤이 김민희에게 달려가려는 순간.

즈으으웅!

김민희와 신혁돈의 주변으로 샛노란 에르그 에너지의 장막이 둥글게 펼쳐졌다.

"형님의 에르그 에너지예요. 방해하지 말라는 것 같은데."

이서윤이 어찌할 줄 모르며 발만 동동 구르는 사이.

픽!

울룩불룩거리던 김민희의 손목 피부가 터져 나가며 사방으로 피가 튀었다.

"꺄악!"

장막에 튄 피가 주르륵 흘러내렸고 이서윤은 고개를 돌려 버렸다.

"…맙소사."

에르그 에너지의 효과인지, 그녀의 스킬인 무한한 생명력 때문인지는 몰라도 김민희의 피부는 곧바로 아물었다.

하지만 아문 것이 무색하게 그녀의 피부는 또다시 터져 나 갔고 그 속에서 에르그 에너지가 흘러나오기 시작했다.

그때마다 김민희의 잇새로 신음이 흘러나왔지만 상처는 언 제 그랬냐는 듯 아물었다.

샛노란 에르그 에너지는 그녀의 몸을 뚫고 나왔다가 들어 가며 괴랄한 장면을 만들어냈다.

그녀가 입고 있던 흰 티가 피로 물들고 바닥이 철벅거릴 정 도로 피가 흘렀을 때.

모든 것이 멈추었다.

시작은 심장이었다.

그녀의 심장이 있는 곳에서 샛노란 광채가 피어올랐으며 그 와 동시에 온몸으로 퍼져 나갔다. 광채는 순식간의 그녀의 온 몸을 덮었고 마지막으로 신혁돈의 손을 덮으려 했다.

신혁돈은 손을 뗀 뒤 뒤로 물러섰다. 그러자 그녀를 감싸고 있던 장막 또한 사라졌다.

샛노란 광채에 휩싸인 김민희는 그대로 앞으로 쓰러졌다. 그녀는 마치 번데기 같은 모습이 되었다.

그때, 김민희의 등에서 손을 뗀 신혁돈이 짧은 숨을 토했다.

"후……."

"어떻게 된 겁니까? 성공한 겁니까?"

가장 먼저 시작했지만 아무런 실마리도 찾지 못한 윤태수가 다급히 물었다.

신혁돈은 천천히 고개를 끄덕였다.

"진… 짜입니까?"

"그런 것 같다. 나도 처음 봐서 모르겠으니 기다려 봐."

신혁돈은 피곤한 듯, 한 손으로 자신의 얼굴을 쓱쓱 문지른 후 가이아에게 말했다.

"소파 하나 만들어줘."

마치 종을 부리는 듯한 말투에 헛웃음을 흘린 가이아는 아주 정중하게 허리를 숙이며 인사한 뒤 손을 흔들어 소파를 만들어주었다.

신혁돈은 당연하다는 듯 소파에 기대 앉았다.

어이가 없다는 듯 신혁돈을 바라보던 길드원들의 시선이 곧 김민희에게로 옮겨갔다.

빛의 고치에 싸여 있던 그녀는 얼마 지나지 않아 꿈틀거리기 시작했다.

마치 벌레가 변태하는 현장을 보는 듯한 느낌에 윤태수가 침을 꿀꺽 삼킨 순간.

김민희의 몸을 감싸고 있던 빛의 고치가 그녀의 심장으로 빨려 들어가기 시작했고 곧 그녀의 모습이 드러났다.

"후우……."

김민희는 깊은 숨을 내쉰 뒤 천천히 몸을 일으켰다. 그리고 자신을 바라보고 있는 길드원들을 초점 없는 눈으로 바라보았다.

"…민희야?"

이서윤이 그녀를 부르자 김민희는 감정 없는 눈으로 이서윤을 바라보았다.

그 광경을 지켜보고 있던 신혁돈이 그제야 무언가 잘못된 것을 깨닫고 자리에서 일어섰을 때, 김민희의 동공이 탁 풀렸다. 그리고 고개를 휘휘 저었다.

"어?"

김민희는 몇 번 눈을 비빈 뒤 자신의 몸을 내려다보았다. 그러고는 고개를 들어 길드원들을 보았다.

아니, 보려고 했다.

김민희는 마치 혼자만 몸에 적용되는 중력이 다른 듯 기괴하게 움직였고 그 모습을 본 길드원들은 미간을 찌푸렸다.

김민희는 새로운 몸을 얻기라도 한 듯 이리저리 움직이다가 길드원을 바라보며 말했다.

"어… 저기요?"

"으응."

"제 몸이 말을 안 들어요."

그녀는 금방이라도 울음을 터뜨릴 듯한 얼굴로 말했다. 길드원들은 그녀를 보며 웃음을 터뜨렸다.

길드원들과 함께 헛웃음을 흘린 신혁돈은 다시 자리에 앉으며 말했다.

"축하한다."

"예?"

그녀의 되물음에 답한 것은 윤태수였다.

"이야… 네가 제일 먼저 한계를 돌파할 거라곤 생각 못 했네. 축하한다."

그의 말을 들은 김민희는 믿기지 않는다는 듯 자신의 몸을 살폈다. 그리고 에르그 에너지를 움직여 본 순간, 그녀는 자신이 한계를 넘어섰다는 것을 깨달을 수 있었다.

"하느님 맙소사."

그녀는 얼굴을 감싸려다 넘치는 힘을 주체하지 못하고 자신의 뺨을 짝 소리 나게 때렸다. 길드원들은 다시 한 번 웃음을 터뜨렸다.

"자, 그럼 다음."

잠깐 휴식을 취한 신혁돈이 자리에서 일어서며 말했다. 김민희가 한계를 넘어서는 것을 본 길드원들은 앞다투어 지원하기 시작했다.

*   *   *

그리고 또다시 일주일이 흘렀다.

"돌겠네."

"전 오죽하겠습니까."

일주일 전만 하더라도 북적거리던 가이아의 공간에는 윤태수와 백종화, 그리고 가이아 세 사람만이 모여 있었다.

"왜 우리만……."

"그러게 말입니다."

모두의 예상과는 달리 윤태수와 백종화 두 사람을 제외한 모든 길드원들이 일주일 안에 한계를 넘는 데 성공했다.

두 사람보다 약했던 이들조차도 한계를 넘어서는 순간 넘볼 수 없는 존재로 발전했다. 그 괴리감에 두 사람은 하루하루 지쳐갔다.

그러는 사이, 신혁돈은 사용한 에르그 에너지를 보충하겠다며 백차의 시련으로 떠났다.

잠깐의 여유를 얻은 이들은 신세 한탄을 하고 있었다.

"뭐가 문제일까."

"그러게 말입니다."

두 사람이 삽질을 하는 사이 다섯 번째 시련의 시스템을 흡수한 신혁돈이 돌아왔다.

그는 곧바로 두 사람을 바라보며 말했다.

"다시 시작하지."

그리고 사흘 뒤.

"돼… 됐다!"

윤태수가 환희에 찬 고함을 질렀고 그의 옆에 있던 백종화가 허탈한 표정을 지었다.

"축하해요."

윤태수는 온몸으로 기쁨을 표현하려는 듯 돌바닥을 뒹굴며 소리를 질러댔고 그의 행위 예술이 계속될수록 백종화의 표정은 썩어갔다.

그리고 다음 날.

"…후."

백종화 또한 한계를 넘는 데 성공했다.

"감사합니다."

한계를 넘자 백종화는 신혁돈에게 허리 숙여 인사했고 신혁돈은 고개를 끄덕이는 것으로 대답을 대신했다.

"이로써 열 명 전부 끝났네요."

가이아가 말을 보탰고 신혁돈은 다시 한 번 고개를 끄덕였다.

백종화를 마지막으로 열 개의 표본이 모였다.

이제 신혁돈이 그들의 한계를 돌파시키며 얻은 노하우로 자신의 벽을 깨부술 차례였다.

"다녀오지."

"바로 가시게요?"

"시간이 많이 지체되었다."

원래 목표로 했던 한 달의 반이 조금 지난 시점이었지만 신혁돈은 '반'씩이나 지난 시점으로 여기고 있는 모양이었다.

가이아는 살짝 고개를 끄덕였다. 신혁돈은 곧바로 차원관문을 만들며 백종화에게 말했다.

"바커스 잡을 계획 세우고 있어라."

"예."

말을 마친 신혁돈은 곧바로 차원관문을 넘어갔다.

그 뒷모습을 보고 있던 백종화는 그제야 자신의 몸속에서 넘쳐흐르는 에르그 에너지를 만끽했다.

인내는 쓰고 열매는 달다 했던가.

그가 가진 단 하나의 스킬, 언령. 그것 하나로 무엇이든 해낼 수 있을 것 같은 기분이 들었다.

그때 백종화의 눈에 들어온 것은 드넓은 호수였다. 백종화는 호수를 향해 손을 뻗었고 그와 동시에 말했다.

"솟구쳐라."

그 순간 그의 몸에서 흘러나간 에르그 에너지가 호수를 감쌌다. 그리고 호수의 물이 떠오르기 시작했다.

그의 행동을 보고 있던 가이아의 눈이 휘둥그레졌다.

"무슨……?"

눈앞의 호수는 그냥 호수가 아니라 가이아가 심혈을 기울여 만든 크리처였다. 그냥 보기에는 물이지만 물이 아닌, 의지와 에르그 에너지를 가진 생명체인 것이다.

그걸 움직이다니.

가이아는 놀라움을 표한 것도 잠시, 호수를 향해 의지를 보냈다.

'저항해라.'

그녀의 명령과 동시에 허공으로 떠올랐던 물방울이 톡 하고 터지며 사방으로 흩어졌다.

그 순간, 백종화가 다시 말했다.

"떠올라라!"

그러자 수면으로 돌아가려는 물방울과 그걸 방해하려는 백종화의 에르그 에너지가 자웅을 겨루기 시작했다.

백종화는 얼굴이 붉어질 정도로 에르그 에너지를 사용했지만 결국 가이아의 힘을 이기지 못했고 물방울은 호수로 돌아갔다.

"…후우."

짧은 숨을 내쉰 백종화는 가이아에게 시선을 돌렸다.

호수에 집중하고 있던 가이아는 그의 시선에 화들짝 놀라며 어색한 미소를 지었다.

"저것도 서번트입니까?"

"예… 뭐 그렇죠."

"그렇군요."

질문을 마친 백종화는 그녀를 향해 고개를 끄덕인 후 호수를 건너 위층으로 올라갔다.

홀로 남은 가이아는 그가 사라진 방향을 바라보다가 호수로 시선을 던졌다.

"하여간……."

*　　　　　*　　　　　*

여섯 번째와 일곱 번째까지.

시스템들은 신혁돈을 무서워하는 것인지, 아니면 인간의 말을 들을 바에야 그냥 소멸당하겠다는 것인지 얼굴조차 드러내지 않았다. 덕분에 아무런 저지 없이 에르그 에너지를 흡수할 수 있었다.

하지만 여덟 번째는 달랐다.

차원관문을 넘어선 신혁돈이 도착한 순간, 그의 눈앞으로 거대한 불덩어리가 날아들었다.

하지만 신혁돈은 당황하기는커녕 손을 내밀었다. 거대한 불덩어리는 에르그 에너지로 환원되며 그의 손으로 흡수되었다.

불덩어리 또한 에르그 에너지를 기반으로 한 스킬. 자신보다 하위 개체가 사용한 스킬이라면 에르그 에너지로 변환시켜 흡수할 수 있었다.

신혁돈이 깨달은 게 아닌, 백차의 기억에서 읽어낸 것으로 그는 이것을 '흡수'라 불렀다.

불덩어리를 흡수해 낸 신혁돈은 연속해서 날아오는 불덩어리도 한 번에 흡수해 버린 뒤 차원석의 위에 올라섰다.

그 순간.

"마왕이 그래선 안 됩니다. 세계의 질서를 추구하십시오."

"개소리."

"당신의 행동은, 당신의 생각만큼 단순한 것이 아닙니다. 시스템의 소멸은 차원의 파괴를 야기합니다."

차원을 돌아다니며 토착 종족을 멸종시키고 다니는 놈들이 할 말인가?

대답할 가치도 없는 말에 신혁돈은 곧바로 에르그 에너지 흡수에 들어갔고 시스템은 침묵했다.

그렇게 여덟 번째를 넘어 아홉 번째 시련에 도착한 순간, 신혁돈은 차원석 위에 서 있는 샛노란 에르그 에너지 덩어리를 발견할 수 있었다.

"제 말을 들어주십시오. 당신의 행동에 의해 질서가 무너지고 있습니다."

똑같은 말.

무시하고 에르그 에너지를 흡수하려던 신혁돈은 차원석의 앞에 서며 말했다.

"그래. 지껄여 봐."

"감사합니다. 마왕이시여, 시스템은 차원을 조율하는 존재. 저희가 스스로의 의지가 아닌, 다른 이유로 사라질 경우 차원은 붕괴되고 맙니다."

"…차원을 조율하기 위해 모든 에르그 에너지를 빨아낸 다음 마신에게 갖다 바치는 거란 소리냐?"

"아닙니다. 그분께서는 차원의 조율자. 그분이 선택하신 것은 모두 이유가 있어서입니다."

"이유?"

"예. 저같이 미천한 존재는 알 수 없는 위대한 이유가 분명히 있습니다."

"미친……."

더 들을 것도 없다 판단한 신혁돈은 곧바로 차원석에 손을 얹은 뒤 흡수를 사용했다.

곧 시련이 지니고 있던 에르그 에너지가 신혁돈의 몸속으로 흘러들어 왔다.

"차원이 붕괴될 것입니다. 한 번 붕괴된 차원은 막… 없… 니다. 그분… 노하……."

시스템은 제 몸이 흐려지는 와중에도 계속 말을 이었다.

신혁돈은 미간을 구긴 채 모든 에르그 에너지를 흡수해 버렸다.

"미친놈들."

행태를 보고 있자니 몬스터 브레이크 이후 전 세계적으로 붐을 일으켰던 사이비 교단들과 다를 것이 없었다.

신혁돈은 두어 번의 심호흡으로 화를 가라앉힌 후 천천히 생각해 보았다.

차원의 붕괴.

그리고 붕괴된 차원은 막을 수 없으며 그분이 노할 것이다.

"개소리군."

천천히 생각한 결과, 답은 '개소리다'로 나왔으니 더 이상 생각할 것이 없었다.

신혁돈은 곧바로 아홉 번째 시련으로 이동했다.

그렇게 열 번째 시련까지 모두 흡수한 신혁돈은 굉장히 찝찝한 기분과 몸속에 흘러넘치는 에르그 에너지가 가져다주는 색다른 포만감, 두 가지 기분을 느끼며 가이아를 불렀다.

　"가이아."

　—예.

　"시스템을 붕괴시키면 차원이 붕괴된다 하더군. 맞는 말인가?"

　—예. 맞아요.

　"…설명해 봐."

　가이아가 생각을 정리하는 사이 신혁돈은 지구로 향하는 차원관문을 열었다.

　—간단히 말씀드리자면… 시스템은 차원을 좀먹는 기생충이에요. 차원에 있는 에르그 에너지를 이용해 토착 종족을 강하게 만들고, 모든 에르그 에너지를 사용하면 그들을 죽여 에르그 에너지를 빼앗죠.

　신혁돈은 그녀의 설명을 들으며 차원관문을 넘었고 눈앞에 보이는 가이아에게 말했다.

　"그래서?"

　—그래서…….

　"아니, 오셨네요?"

　"그래."

자신의 공간에 홀로 앉아 있던 가이아는 놀란 눈으로 신혁돈이 지나온 차원관문을 슥 바라본 뒤 말했다.

"몰랐어요."

"그런데?"

"어떻게?"

어떻게 자신의 이목을 피해 이곳으로 들어온 것이냐, 를 묻는 것이다.

가이아가 마왕 후보에 오를 정도로 강력한 시스템이라고 하지만 그녀는 시스템이었다.

하지만 신혁돈은 마왕의 힘을 얻은 존재.

게다가 2주가 넘는 시간 동안 마왕의 기억을 흡수한 결과, 신혁돈은 백차의 모든 것을 다룰 수 있게 되었다.

에르그 에너지를 다루는 기교는 물론이거니와 자신의 기척을 숨기는 잔재주도 늘었다.

신혁돈이 대답 대신 미소를 짓자 가이아는 기분이 나쁘다는 듯 입술을 비죽인 뒤 답했다.

"백차의 기억을 뒤져보면 다 나올 텐데 저한테 묻는 이유가 뭐예요?"

"귀찮다."

그의 대답에 가이아는 미간을 꾹 누른 뒤 답했다.

"그래… 예. 어쨌거나 이 기생충은 차원의 에르그 에너지 전체를 흡수하는 건 아니에요. 차원이 자생할 수 있을 정도의 에르그 에너지는 남겨두고 떠나죠. 그런데 이게 강제로 소멸 당하면 그럴 틈도 없어지거든요?"

"그래서 차원이 소멸된다?"

"그런 거죠."

"…그게 내 잘못인가?"

"뭐, 정 마음에 걸리시면 최소한의 에르그 에너지만 남겨두 시고 오면 되긴 하는데… 그걸 시스템이라는 놈들이 갈취할걸 요. 그냥 지금처럼 하시는 게 나아요."

그녀의 말을 들은 신혁돈은 천천히 고개를 끄덕인 뒤 말했다.

"사이비 같은 새끼들."

"그건 그렇죠."

신혁돈은 마치 자신의 머릿속을 읽고 있다는 듯 곧바로 대 답하는 가이아를 바라보았다.

가이아는 아무것도 모른다는 순진한 표정으로 그를 바라보 며 말했다.

"왜요?"

"됐다."

그녀에게서 시선을 뗀 신혁돈은 소파에 앉으며 말했다.

"내 생각에 나는 이미 인간의 한계를 넘어섰다고 본다."

"저도 그렇게 생각해요."

"한데도 한계가 있다는 건… 나도 인간이라는 건가?"

갑작스러운 질문에 가이아는 말문이 막힌 듯 신혁돈을 바라보았다. 신혁돈은 그녀가 아닌 호수를 바라보고 있었다.

"…무슨?"

"아니다."

말을 마친 신혁돈은 소파에 앉은 채로 눈을 감고서 몸을 찢고 터져 나가려는 에르그 에너지를 통제하기 시작했다.

이제는 자신의 차례다.

숨을 깊게 들이쉰 신혁돈이 에르그 에너지를 움직인 순간.

가이아의 목소리가 그의 귓가를 파고들었다.

"당연하죠. 당신도 인간이에요. 단지 아주… 특별한 뿐이죠."

그녀의 말이 끝난 찰나.

신혁돈의 에르그 에너지는 기폭제라도 단 듯 빠르게 움직이기 시작했다.

그는 무아지경에 빠져들었다.

제4장

전쟁의 시작

가이아는 초조함에 손톱을 깨물다가 더 이상 깨물다가는 살을 뜯을 것 같아 그만두었다.

"도대체가……."

신혁돈이 무아지경에 빠진 지 엿새가 지났고 온몸이 샛노란 에르그 에너지에 싸인 지는 이틀이 지났다.

처음에는 별 걱정하지 않던 길드원들 또한 그가 걱정이 되는지 하나둘씩 지하실로 내려오기 시작했다.

지금은 모두가 내려와 그를 지켜보고 있었다.

"에르그 에너지가 많아서 그런가?"

"그렇겠지 말입니다."

"스킬도 많고, 에르그 에너지도 많고 가진 게 워낙 많으니까. 탈세하는 데 오래 걸리는 거랑 비슷한 이치 아니겠습니까?"

고준영이 농담이라고 던진 말은 침묵의 바다에 묻혔고 누군가가 손톱을 뜯는 탁, 탁 소리만 들리고 있을 때.

번쩍!

"이런 썅!"

샛노란 고치가 엄청난 빛을 내뿜었다.

멍한 눈으로 고치를 바라보고 있던 길드원들은 각자 욕설과 비명을 지르며 눈을 가렸다.

이윽고 모두의 눈을 가렸던 빛이 사라진 뒤, 신혁돈이 일어섰다.

"…워."

그의 몸 위로는 샛노란 광채가 흘러넘치고 있었으며 눈은 마주 보기 힘들 정도로 빛나고 있었다.

광채는 마치 신혁돈의 몸을 호위하는 것처럼 고운 선을 만들며 휘돌고 있었고, 길드원들은 그를 바라보며 알 수 없는 경외감이 드는 것을 느꼈다.

"후."

분위기에 압도당한 길드원들이 아무런 말도 하지 못하고 있을 때, 신혁돈이 짧은 숨을 내뱉었다.

그와 동시에 그의 몸을 감싸고 있던 샛노란 에르그 에너지들이 그의 몸으로 빨려 들어갔다.

신혁돈은 자신의 몸을 한번 내려다본 뒤 자신을 둥글게 둘러싸고 있는 길드원들을 보며 말했다.

"뭐하냐?"

지극히 그다운 반응에 축하할 타이밍을 놓친 길드원들은 헛웃음을 흘렸다.

그사이 가이아가 말했다.

"축하드려요."

그녀의 말을 시작으로 길드원들의 축하가 이어졌다. 신혁돈은 고개를 끄덕이는 것으로 답을 대신했다.

한바탕 소동과도 같은 축하 인사가 끝나자 신혁돈이 길드원들을 바라보며 말했다.

"이제 너희는 어지간한 시스템들보다 강하다."

그의 말에도 길드원들은 자신의 힘이 어느 정도 되는지 모른다는 듯 멍한 표정을 짓고 있었다.

그도 그럴 것이 급성장을 거쳤으나 하이노로의 차원 이후 전투를 치러본 적이 없었기 때문이었다.

"실감이 안 나겠지."

"아무래도 그렇지 않겠습니까?"

윤태수가 넉살을 피웠고 신혁돈은 그와 시선을 맞추며 말했다.

"그럼 출발하지."

"…예?"

"바커스 잡으러 가야지. 충분히 쉬었잖아?"

"그건 그렇습니다만… 형님, 힘에 익숙해질 시간이 필요하지 않으시겠습니까?"

"필요 없다. 2시간 뒤 바커스의 차원으로 떠날 테니 준비해."

말을 마친 신혁돈은 그들을 지나쳐 가이아의 공간을 떠났다. 길드원들은 복잡한 감정이 담긴 시선으로 그의 등을 바라보았다.

이서윤의 집.

거실에 모인 길드원들은 무장을 마친 채 소파에 앉아 있었다.

평소와 다름없는 모습이었으나 감도는 분위기는 사뭇 달랐다.

아직 도착하지 않은 신혁돈을 기다리며 식량과 물, 필요한 물품들을 아공간에 챙긴 윤태수가 소파에 앉으며 백종화에게 물었다.

"마왕의 차원이라… 마왕은 어떻습니까?"

그의 질문에 길드원들의 시선이 백종화에게 집중되었다. 백종화는 소파에 묻고 있던 허리를 세우며 답했다.

"마왕이라고 해봤자 백차 하나밖에 못 봐서 일반화를 할 순 없다만, 영리했어. 어떤 게 자신에게 이득이 될지, 어떻게 하면 자신이 승리할 수 있을지, 혹은 졌을 때 어떻게 해야 손해를 최소화할 수 있을지를 본능적으로 알고 있는 듯했어."

그의 말대로 이는 일반화를 할 수 없는 개인의 특성이다.

"힘은 어떻습니까? 능력이라거나."

윤태수의 물음에 백종화는 자신의 손을 바라보고는 주먹을 쥐었다 폈다 하며 답했다.

"강하지. 그들이 싸우는 방법만 알고 있었다면 혁돈 형님도 위험했을 거야. 하지만 백차는 싸움 자체를 저급한 행동이라 생각하는지 자신이 밀린다 생각하자마자 대화로 풀려고 하더라고."

백종화의 말에 집중하고 있던 홍서현은 고개를 끄덕이며 말했다.

"인간 같네요."

"그러게 말입니다."

"자아가 있는 인격체라 그럴까요? 아니면 욕망이 있는 존재라 그런가."

"인격이라… 모르겠네."

길드원들은 각자의 의견을 내며 토론했고 얼마 지나지 않아 신혁돈이 거실로 들어왔다.

그가 들어오자 토론은 끝났다. 신혁돈은 길드원들을 슥 훑은 뒤 말했다.

"가이아는?"

"밑에 있습니다."

"그럼 출발하지."

눈으로 한 번 훑는 것만으로 점검을 끝낸 것인지, 길드원을 믿는 것인지 신혁돈은 곧바로 차원관문을 만들며 말을 이었다.

"일단 백차의 차원으로 넘어가서 드레이크를 데리고 간다. 최대한 전면전을 지향할 거고, 바커스의 모든 병력을 박살 내는 게 목표다. 질문 있나?"

"전면전을 지향… 한단 말씀이십니까? 지양 말고?"

"지향 맞다. 말했듯 바커스의 모든 병력을 박살 내는 게 목표다."

신혁돈의 말에 윤태수는 알 수 없다는 표정을 지었고 다른 길드원들 또한 마찬가지였다. 더 이상 질문이 없자 신혁돈은 완성된 차원관문을 가리키며 말했다.

"가자."

신혁돈이 차원관문을 넘자 그의 뒤로 길드원들이 따라 넘어왔다.

차원관문을 넘는 순간, 그들은 발아래 펼쳐진 거대한 협곡을 발견할 수 있었다.

미국의 그랜드 캐니언이 생각날 정도로 거대한 협곡이었지만, 그랜드 캐니언과는 비교할 수조차 없는 것이 있었다.

"맙소사……."

"저게 다 드레이크인가?"

"저건 에이션트 드레이크겠네."

협곡의 바닥이 제대로 보이지 않을 정도로 많은 드레이크들이 여기저기 자리를 잡고 도마뱀들처럼 일광욕을 즐기고 있었다.

그리고 협곡의 가장 넓은 자리에서 에이션트 드레이크가 자신의 앞다리에 머리를 얹은 채 거대한 눈동자로 길드원들을 바라보고 있었다.

"오……."

보랏빛 하늘 아래 비친 거대한 갈색 몸체는 보는 이로 하여금 감탄이 절로 나오게 하는 마력이 있었다.

신혁돈 또한 말없이 에이션트 드레이크, 쿠엔틴을 바라보고 있었다.

"쿠엔틴."

─그대가 말한 대로 준비해 두었다.

"고맙다."

길드원들이 준비를 하는 두 시간 동안 신혁돈은 백차의 차원으로 넘어와 쿠엔틴에게 '모든 드레이크를 이곳으로 모으라' 지시했다.

그러고는 그 광경을 지켜보았다.

쿠엔틴을 제외한 드레이크들은 그리 높지 않은 지성을 가지고 있는 건지 그의 명령에 따라 협곡에 모여들어 각자의 위치를 잡았다.

마운틴 드레이크와 플루이 드레이크가 가장 수가 많았고 멜릭 드레이크가 그 뒤를 이었다. 가장 적은 드레이크는 옐로 드레이크라 불리는, 벼락을 다루는 드레이크였다.

총 457마리의 드레이크와 에이션트 드레이크인 쿠엔틴.

그리고 그를 보좌하듯 옆을 지키고 있는 여섯 마리의 드레이크.

에이션트 급은 아니지만 어지간한 드레이크들보다 두 배는 거대한 몸집을 가진, 굳이 이름을 붙이자면 그레이트 급의 드레이크가 있었다.

플루이와 마운틴, 멜릭과 옐로, 플레어와 벤투스. 순서대로 물과 땅, 냉기와 번개, 불과 바람의 속성을 가진 드레이크들이었다.

"마왕도 문제없겠군."

이 정도 병력이라면 마왕이 아니라 마신까지도 노릴 만하지 않을까 하는 생각이 들 정도로 강력한 힘을 가진 이들이었다.

여기에 로스카란토의 자식들과 하늘거북, 그리고 사막악어들과 놈까지 더해진다면?

마왕과 전면전을 해본 적이 없으니 확신할 수 없는 상황임에도 승리를 자신할 수 있었다.

그리고 지금.

다시 한 번 협곡을 살핀 신혁돈이 쿠엔틴에게 말했다.

"마왕과 전쟁이 있을 것이다."

─그걸 내게 말하는 이유가 무엇인가?

"알고 있으라고."

말을 마친 신혁돈은 쿠엔틴의 곁에 있는 그레이트 드레이크들에게 '이리로 오라' 명령했다.

드레이크들은 머리를 한 번 턴 후 거대한 날개를 펼치며 그들에게 날아왔다.

"드레이크, 그리고 너희 전부의 정신을 연결할 거다. 즉, 개인이 하는 말이 전부에게 들린다 생각하면 된다."

길드원들은 이해가 안 된다는 듯 몇 가지를 물어왔고 신혁돈은 작동 방식과 사용법에 대해 알려주었다.

길드원들이 전부 이해하자 신혁돈이 말을 이었다.

"여기 드레이크 여섯 마리에 나눠서 탄다. 도시락까지 합치면 일곱이겠군. 인원 분배는 태수가 맡고, 나는 따로 움직인다. 종화는 쿠엔틴과 함께 후방 지원, 그리고 총지휘를 맡아라."

길드원들은 그의 말을 들으랴 날아오는 드레이크를 구경하랴 정신없이 고개를 끄덕였다.

신혁돈은 그들의 모습을 바라보며 짧은 한숨을 내쉬었다.

"정신 차려라."

그는 에르그 에너지를 가득 담아 말했고 길드원들은 몸 전체를 울리는 에르그 에너지를 느끼고서야 정신을 차렸다.

지금까지 목숨을 걸고 싸우던 괴물의 등에 올라 마왕과 전쟁을 치른다. 게다가 급성장한 힘을 제대로 다룰지도 모르는 상황.

긴장이 머리끝까지 차오르는 게 당연했다.

하지만 그래선 안 된다.

"언제나 그랬지만 실수하면 죽는다."

"예."

"전쟁은 이제 시작이야. 이왕 시작한 거, 마신 목 따는 건 봐야 하지 않겠냐?"

"예."

"그럼 가자."

"예!"

신혁돈의 말에 길드원들이 크게 대답한 순간, 그들이 본 적 없는 거대한 차원관문이 열렸다.

협곡 전체를 가리는 장막처럼 거대하게 펼쳐진 차원관문이 완성되었다.

협곡에 앉아 있던 드레이크들도 하나둘 날아올라 차원관문을 통과하기 시작했다.

"먼저 가마."

그 모습을 보고 있던 신혁돈이 차원관문을 향해 걸어갔다. 그의 몸에서 샛노란 에르그 에너지가 흘러나오기 시작했다.

이윽고 신혁돈이 차원관문 앞에 도착했을 때, 그는 수르트가 되어 있었다.

화아아아악!

차원관문을 넘어선 순간.

그들의 시야를 가득 채운 것은 끝이 보이지 않는 바다였다. 수평선 너머까지 섬 하나 보이지 않는 새파란 색의 바다.

먼저 넘어온 드레이크들은 각자 편대를 이루며 하늘을 점거했고 신혁돈은 그들 사이로 불과 벼락의 날개를 펼치며 날아올랐다.

"바다다."

정신 교감을 통해 모두에게 전한 신혁돈은 곧바로 헤이톤의 호의를 사용해 지도를 펼쳤다. 그리고 이번 차원이 거대한 바다임을 확인했다.

'골치 아프겠군.'

드레이크의 강점 중 가장 큰 것은 하늘을 날아다니며 선제 공격을 할 수 있다는 것이다.

한데 도착하자마자 강점이 사라져 버렸다.

바다에 어떤 괴물이 도사리고 있을지는 모르지만, 그들이 먼저 공격하지 않는 이상 드레이크들이 물속으로 파고드는 것은 자살행위나 다름없었다.

신혁돈이 넘어오고 얼마 지나지 않았을 때.

콰아아아아아아아!

차원관문이 찢어질 듯 거대한 진동을 토했고 그와 동시에 바다 위로 거대한 그림자가 드리웠다.

에이션트 드레이크, 쿠엔틴이 차원관문을 넘어온 것이다.

신혁돈은 에르그 에너지가 뭉텅 사라지는 것을 느끼며 쿠엔틴을 바라본 뒤 더욱더 높이 올라갔다.

쿠엔틴을 마지막으로 모든 드레이크들이 넘어온 것을 확인한 신혁돈은 차원관문을 닫은 뒤 주변을 살피기 시작했다.

"전부 바다인가."

헤이톤의 호의를 전부 살핀 신혁돈은 몇 개의 섬이 있는 것을 확인했다. 섬이라고 부르기도 뭐한, 거대한 바윗덩어리긴 했지만 드레이크들이 쉴 수 있는 공간이 있는 것만으로도 충분했다.

에르그 에너지를 최대한 넓게 펼친 신혁돈은 고도를 낮춰 수면 가까이로 내려왔고 바다 아래를 탐지했다.

"…이런 미친."

신혁돈은 곧바로 고도를 높이며 소리쳤다.

"고도를 높여라!"

그 순간.

촤아아아아악!

마치 바다 전체가 일어서는 듯, 물보라가 피어올랐다.

신혁돈의 말에 급하게 고도를 높인 드레이크들의 사이로 거대한 물보라가 피어올랐다.

드레이크들은 자신의 날개를 노리는 물보라를 피해 곡예에 가까운 비행을 보였다.

촤아아아악!

하지만 전부 피하진 못하고 몇 마리가 물보라에 휩싸이고 말았다. 그와 동시에 물보라의 정체가 드러났다.

"크라켄이다!"

어지간한 자동차보다 거대한 드레이크를 하나의 촉수로 감쌀 수 있을 정도로 거대한 괴물이자 심해의 악마, 바다의 재앙이라 불리는 괴물.

크라켄이 바닷속에 있었다.

그것도 한 마리가 아닌, 떼거리로.

"더! 더 고도를 높여!"

명령과 동시에 신혁돈은 네 개의 팔에 불의 검을 만들어내어 드레이크를 붙잡고 있는 촉수를 향해 날아갔다.

화르르륵!

서걱! 서걱!

신혁돈이 움직이기 시작하자 당황했던 길드원들 또한 정신을 붙잡은 뒤 솟구쳐 오르는 촉수들을 잘라내기 시작했다.

촤아아아!

두께만 1m에 이르는 거대한 촉수들이었지만 진정한 각성을 마친 길드원들에게는 수수깡이나 다름없었다.

순식간에 수많은 촉수들이 잘려 나갔지만 그보다 많은 촉수들이 솟아오르는 상황.

"크라켄의 본체를 잡아야 합니다!"

백종화가 소리쳤고 드레이크의 정신을 통해 모두에게 전해졌다.

모두가 알고 있지만 할 수 없는 상황.

누가 바다로 들어가 크라켄의 본체를 잡아낼 수 있겠는가.

그 순간.

콰아아아아아!

에이션트 드레이크가 거대한 날개를 접으며 바다를 향해 추락하듯 내리꽂혔고 그에 질세라 신혁돈 또한 새파란 바다를 향해 몸을 던졌다.

촤아아아악!

신혁돈이 거대한 물보라를 일으키며 바다로 떨어진 순간, 윤태수 또한 드레이크를 조종해 바다로 뛰어내렸다.

'할 수 있다.'

물 위를 걷는 기술.

그것을 활용한다면 바닷속에서 움직이는 것도 무리는 아닐 것이었다.

무엇보다 신혁돈 홀로 저 많은 크라켄을 상대할 수 없거니와, 할 수 있다 한들 드레이크들의 피해가 너무 컸다.

촤아아악!

그가 수면을 뚫고 바다로 들어가자 수많은 촉수가 그를 노리고 물살을 헤치며 쏘아졌다.

솨아아악!

그의 몸보다 두꺼운 촉수들은 말도 되지 않는 빠른 속도로 다가왔지만 윤태수는 긴장하는 대신 입술을 꽉 물며 검을 뽑아 들었다.

'감쇄. 감쇄. 감쇄.'

윤태수가 스킬을 발동하자 그를 향해 날아들던 모든 촉수가 멈추었다.

'맙소사.'

윤태수는 자신이 만든 광경에 놀랄 새도 없이 온몸으로 에르그 에너지를 방출하며 주변에 있는 촉수들을 잘라낸 후 더 깊은 바다로 내려갔다.

그리고 새빨갛게 빛나는 빛 덩어리들을 발견했다.

'몇 마리야?'

진정한 각성으로 발달된 시야는 깊은 바닷속에서도 크라켄의 위치를 감별할 수 있게 해주었다. 윤태수는 곧 크라켄의 본체를 발견할 수 있었다.

거대한 오징어와 같은 몸체와 기차와 비슷한 길이의 다리들, 그리고 몸 정중앙에 박혀 있는 새빨간 눈동자.

'일단 가까운 놈부터.'

윤태수가 자신의 몸에 증폭을 걸며 크라켄에게 쏘아진 찰나.

콰콰콰콰콰쾅!

그의 바로 옆으로 어마어마한 충격파가 떨어져 내렸다. 수면을 때린 충격파는 위력의 감쇄 없이 심해까지 뚫고 내려갔고 거대한 실 뭉치처럼 모여 있는 크라켄들을 꿰뚫어 버렸다.

꾸궁! 꾸구구궁!

어마어마한 파괴력에 크라켄들이 사방으로 체액을 뿜으며 찢어져 나갔다.

'…미친.'

—에이션트 드레이크가 브레스를 쏩니다!

한 발 늦은 백종화의 목소리에 방금 충격파가 에이션트 드레이크의 브레스임을 깨달은 윤태수는 입을 떡 벌리며 하늘을 올려보았다.

'클래스가 다른데?'

기껏해야 검을 들고 뛰어든 게 다인 자신과는 차원 자체가 달랐다. 입술을 잘근 씹은 윤태수는 생각을 털어내고 자신의 역할에 충실하기로 마음먹었다.

'쿠엔틴이 포격을 퍼부으면, 땅개는 정리를 해야지.'

이를 악문 윤태수는 곧바로 충격에 버둥거리고 있는 크라켄에게로 쏘아져 새빨간 눈에 검을 꽂아 넣었다.

쿠에에에에에!

체액이 섞인 물거품이 피어올랐지만 윤태수는 계속해서 파고들었고, 결국 크라켄의 에르그 기관을 뽑아낼 수 있었다.

'한 마리!'

한 마리를 박살 낸 뒤 몸 밖으로 나온 윤태수는 물이 묘하게 따뜻하다는 것을 느꼈다.

그리고 고개를 돌린 순간.

물속에서도 환하게 타오르는 거인이 보였다.

윤태수는 자신의 눈을 의심했다.

불과 벼락의 거인은 물속에서도 쉼 없이 타오르고 있었으며 손에 닿는 모든 것을 파괴하고 있었다.

촉수가 닿으면 촉수가 터져 나갔고 크라켄이 닿으면 그대로 찢겨 나갔다. 그를 공격하던 크라켄들은 상대가 되지 않는 것을 깨달았는지 슬슬 도망을 치고 있었지만 그것을 두고 볼 거인이 아니었다.

불의 거인은 물속에서도 타오르는 창을 만들어내 던졌고, 창에 꽂힌 크라켄들은 열을 이기지 못하고 물속에서 타오르는 기괴한 장면을 연출하며 죽어나갔다.

'미칠 노릇이네.'

─전체 브레스 갑니다!

그리고 다시 한 번.

콰콰콰콰콰콰쾅!

쿠엔틴의 브레스와 동시에 드레이크들의 브레스가 바다를 강타했다.

윤태수는 형형색색으로 쏟아지는 브레스를 보며 수면으로 떠올랐다.

"괜한 걱정이었네."

─그러게.

그의 말에 백종화가 호응했고 윤태수는 자신이 타고 있던 드레이크를 불러 등에 오른 뒤 고도를 높였다.

말 그대로 괜한 걱정이었다.

신혁돈이 전면전을 택하고 모든 적을 궤멸하겠다 말한 이유.

자신이 있었기 때문이었다.

그리고 길드원들에게 보여줄 필요가 있었기 때문이었다.

자신이 얼마나 강한지.

드레이크가 얼마나 강한지.

그리고 길드원들이 얼마나 성장했는지.

'아니, 그럼 우리가 활약할 기회를 줘야 할 거 아니야.'

속으로 구시렁거린 윤태수는 드레이크를 조종해 백종화가 타고 있는 쿠엔틴의 옆으로 다가가 등에 올랐다.

그때.

─다시 한 번 브레스 갑니다.

백종화가 말한 순간.

뭐라 형언할 수 없는 굉음과 동시에 발사된 형형색색의 브레스가 수면을 때렸다.

"장관이네."

"그러게 말입니다."

"이 정도면 현대 무기들하고 화력전 해도 밀리진 않겠는데?"

"제 생각엔 이길 것 같지 말입니다."

"나도 그래."

크라켄이 나타나자 당황했던 모습은 어디 갔는지 윤태수와 백종화는 여유로운 모습으로 대화를 나누었다.

몇 번의 포화 끝에 크라켄의 촉수는 더 이상 올라오지 않았고 새파란 빛의 바다는 크라켄의 체액 색으로 물들었다.

"에르그 기관… 다 주워왔으면 좋을 텐데."

"끝난 것 같은데 혁돈 형님 아직도 안 올라오는 거 보면 그 거 줍고 있는 거 아닙니까?"

"그럴 수도… 아니, 그거네."

전투가 끝나자 백종화는 피해를 집계했고 열네 마리의 드레이크가 물속으로 끌려 내려가 다시 올라오지 못한 것을 보고받았다.

"기습을 당한 것치고는 피해가 큰 편은 아닌데… 아쉽군."

"그러게 말입니다."

"편대를 제대로 짜야겠어. 기습에도 당하지 않을 수 있도록."

"어떻게 말입니까?"

윤태수와 백종화가 제대로 된 진형을 위해 의논하는 사이,

바닷속에서 불의 거인이 돌아왔다. 돌아온 신혁돈은 곧바로 쿠엔틴의 위에 있는 백종화에게 향했다.

"오셨습니까?"

"피해는?"

"열네 마리입니다."

그의 대답에 신혁돈은 혀를 짧게 차며 말했다.

"여기서 동남쪽으로 40㎞쯤 떨어진 곳에 섬이 하나 있다. 일단 거기를 레스팅 포인트로 잡고 하나씩 정리해 나가지."

"예. 좋은 생각이십니다."

말을 마친 신혁돈은 품에서 손톱만 한 노란 보석을 십수 개를 꺼내 윤태수에게 건넸다.

"차원지기 급이더군."

"차원지기의 심장입니까?"

"크라켄의 정수라 보면 된다."

양손으로 크라켄의 정수를 받은 윤태수는 하나를 제외한 나머지를 모두 아공간에 집어넣은 뒤 신혁돈에게 물었다.

"이거 하나, 서윤 씨 줘도 됩니까?"

"마음대로."

그의 대답에 윤태수는 고개를 끄덕인 뒤 자신의 드레이크로 돌아가 이서윤에게로 향했고 그 모습을 본 신혁돈은 백종화를 향해 말했다.

"크라켄은 주요 병력이 아닐 가능성이 높다."

"왜 그렇게 생각하십니까?"

크라켄은 바다의 악마라 불릴 정도로 강력한 괴물이었다. 비록 이쪽의 화력이 막강해 힘 한 번 제대로 써보지 못한 채 격퇴당하고 말았지만, 제대로 진형을 갖춘 뒤 싸운다면 쉽게 물리칠 수 없는 괴물이다.

한데 주력이 아니라니.

"백차의 기억 속 바커스는 정신 지배와 환각을 주로 사용하는 마왕이었다. 크라켄은 우리의 전력을 파악하기 위한 도구라 보는 게 맞다고 보이는데."

신혁돈의 말을 들은 백종화는 고개를 끄덕였고 그와 동시에 그에게 물었다.

"만약에 드레이크가 정신 지배를 당한다거나, 환각을 보고 아군을 공격하면 어떻게 합니까?"

"내가 컨트롤할 수 있다. 문제는 너희들이지."

"…예?"

"너희가 '이게 현실이다' 하고 믿는 순간, 내 말이고 뭐고 아무것도 통하지 않을 가능성이 높아."

"그럼 어떻게 합니까?"

"어떡하긴, 기절시켜야지."

"그런 방법이 있었군요."

백종화는 어이가 없다는 듯 헛웃음을 흘렸고 말을 마친 신혁돈은 고개를 돌려 섬이 있는 방향을 바라보며 말했다.

"도시락과 먼저 가서 섬을 살피고 있을 테니 잘 데리고 와라."

"예. 무슨 일 있으면 연락드리겠습니다."

신혁돈은 대답 대신 고개를 끄덕인 뒤 곧바로 쿠엔틴의 등에서 뛰어내렸다.

그러고는 정신 지배를 통해 도시락을 불렀다. 쿠엔틴의 주변에서 놀고 있던 도시락은 얼른 날아와 그의 몸을 받아주었다.

도시락은 방금 전투에서 활약하지 못한 것이 아쉬운 것인지, 아니면 크라켄의 고기를 맛보지 못한 것이 아쉬운 것인지 깍깍거리는 소리를 질러대며 하늘을 갈랐다.

*   *   *

"세이렌인가."

가까이서 본 돌섬은 두 개로 나뉘어져 있었다.

V자 모양으로 협곡이 나 있고 가운데로는 바다가 흘러가는 모양새였는데 모든 드레이크들이 모여 쉴 수 있을 정도로 넓었다.

문제는 협곡 사이에 있는 괴물, 세이렌이었다.

　인간의 상체와 문어의 하반신을 한 괴물로 먹이가 근처에 다가오면 노래를 불러 홀린 뒤 익사시켜 잡아먹는 괴물이었다.

"좀 다르군."

　하지만 지금까지 보았던 세이렌들과는 달랐다.

　미의 상징이라 여겨질 정도로 아름다운 여인의 몸을 하고 있는 것이 아니었다. 당장 소라도 찢어 먹을 수 있을 정도로 거대한 입과 거기에 돋아 있는 날카로운 이빨, 우람한 어깨와 긴 팔은 세이렌인가 싶을 정도로 흉측했다.

"넌 여기 있어라."

　강한 세이렌은 주변의 있는 괴물들의 정신을 조종할 수 있을 정도로 강력한 환각을 구사하기에 도시락 또한 위험할 수 있었다.

　저 모습이 세이렌이라고 확신할 수는 없었지만 조심해서 나쁠 것은 없었다.

　정신 지배에 당하지 않을 자신이 있는 신혁돈은 곧바로 도시락의 등에서 뛰어내리며 에르그 에너지를 끌어 올렸다.

　모두의 벗이 있는 데다가 세이렌의 환각에 걸리지 않을 정도로 굳건한 정신력까지 보유하고 있으니 걱정할 필요가 없었다.

그가 협곡의 중앙에 떨어졌을 때, 그는 불과 벼락의 거인이 되어 있었다.

쿠웅!

그가 땅에 발을 디딘 순간.

모든 세이렌들의 시선이 그에게로 꽂혔고, 신혁돈은 네 개의 팔에서 불꽃에 휩싸인 무기를 뽑아 들었다.

그러자 그를 둘러싸고 있던 모든 세이렌들이 처음부터 물로 만든 환영이었다는 듯 펑 터지며 사라졌다.

신혁돈은 협곡에 홀로 선 채 주변을 둘러보았다.

'동남쪽 섬으로 이동합니다.'

백종화는 신혁돈이 만들어둔 정신망을 통해 이동 방향을 모두에게 전달했다.

곧 모든 드레이크들이 머리를 돌려 동남쪽으로 날아가기 시작했다.

에이션트 드레이크를 포함한 458마리 중 14마리가 당했고 총 444마리가 남았다.

백종화는 그레이트 드레이크 다섯 마리에게 80마리씩 분배해 편대를 꾸렸고 한 편대당 81마리의 드레이크가 포함되었다.

나머지 43마리의 리더로 윤태수와 그가 타고 있는 드레이크를 임명한 뒤 정찰조로 지정했다.

총 8개의 편대와 쿠엔틴 하나로 만든 드레이크들은 쿠엔틴을 중심으로 학익진을 이루었고 두 개의 정찰조는 그들보다 높은 곳에서 날며 먼 곳을 보도록 지시했다.

어느 정도 편대의 구색을 갖춘 백종화는 짧은 한숨을 내쉰 뒤 동남쪽 방향을 바라보았다.

얼마 지나지 않아 신혁돈이 말한 섬을 육안으로 확인할 수 있었다.

'섬 발견.'

통신을 마친 백종화는 정찰조에게 섬의 정찰을 명령한 뒤 육안으로 섬을 살폈다.

두 개의 섬이 협곡 하나를 사이에 두고 붙어 있는 형태의 섬.

그 위로는 도시락이 날고 있었고 신혁돈의 모습은 보이지 않았다.

만약 안전한 섬이었다면 도시락 또한 섬에 착륙해 있었을 것인데 그렇지 않은 것을 보면 신혁돈이 섬으로 들어가 위험이 될 만한 것들을 살피고 있는 모양이었다.

그사이, 윤태수가 이끄는 정찰조가 섬 전체와 협곡을 살핀 뒤 돌아오며 통신을 보냈다.

—아무것도 없습니다.

'형님은?'

─안 보입니다.

그의 보고에 미간을 구긴 백종화는 섬을 향해 시선을 던지며 말했다.

'도시락한테 가서 물어봐.'

윤태수가 다가오는 것을 보고 반가워하며 깍깍거리던 도시락과 윤태수가 조우했다. 곧 도시락은 인간의 모습으로 변하며 윤태수가 타고 있는 드레이크의 위에 올랐다.

"형님 어디 가셨어?"

"저 아래요."

"섬에?"

"예."

"안 계신데?"

"아까 오자마자 내려갔는데요?"

도시락은 알 수 없다는 듯 섬과 윤태수를 번갈아 보며 말했고 윤태수는 미간을 구겼다.

"무슨… 없다니까 그러네."

당황한 도시락의 동공이 흔들리기 시작했을 때, 윤태수는 백종화에게 보고했다.

─형님 섬으로 내려가셨다는데 말입니다.

'없다며.'

―예. 육안으로는 확인되는 게 없었습니다.

'협곡은?'

―두 섬 사이 말입니까? 드레이크가 들어가긴 좁아서 위에서 훑기만 했는데 육안으로 확인되는 건 아무것도 없었습니다.

'그럼 내려가 봐. 혼자 가지 말고 민희랑 준영이, 그리고 강태가 같이 간다.'

―알겠습니다.

―예.

―넵!

이름을 불린 이들이 보고를 한 후 각자가 타고 있던 드레이크의 등에서 내려 조그만 드레이크로 옮겨 탄 뒤 돌섬으로 향했다.

곧 네 마리의 드레이크가 협곡 위쪽에 도착했고 네 사람이 땅에 발을 디뎠다.

"진짜 아무것도 없네."

돌섬은 이름 그대로 새카만 돌바닥 외에는 잡초 하나 없는 섬이었다.

협곡 사이로 흐르는 물소리만 가득한 섬.

드레이크들을 하늘로 올려 보낸 민강태는 한쪽 무릎을 꿇고서 땅을 만져본 뒤 말했다.

"이거 젖어 있는데 말입니다."

"그래서?"

"섬의 높이만 봐서는 파도가 여기까지 칠 순 없을 겁니다. 그렇다는 건… 이 섬이 원래는 바닷속에 있다 올라왔다거나, 조수 간만의 차이로 물속에 잠겼다 나타났다 한다는 뜻입니다."

그의 말을 이해하지 못한 고준영과 김민희는 서로를 바라보았다가 윤태수를 바라보았다. 하지만 그들의 시선을 받은 윤태수 또한 어리둥절한 얼굴로 민강태를 바라보며 말했다.

"그게 어쨌다고?"

"…뭐가 어쨌다는 건 아닙니다만 그냥 그렇다는 말입니다."

"뭐야."

싱거운 결론에 윤태수는 헛웃음을 흘리고는 고개를 돌려 협곡 아래를 보았다.

긴 세월에 깎여 나간 협곡의 벽은 평탄치 않았던 시간을 말하는 듯 날카롭게 갈려 있었고 그 아래로 흐르는 파도 또한 거칠기 그지없었다.

"아저씨가 저기 있을 것 같진 않은데요."

"언제까지 아저씨라 부를래."

"오빠라 부르긴 그렇잖아요. 태수 아저씨보다 나이가 많은데."

"난 또 왜 아저씬데?"

"그렇게 생겼으니까."

욕설 아닌 욕설에 윤태수가 어이없다는 듯 미간을 찌푸렸지만 김민희는 본 체도 하지 않고선 말했다.

"어쨌거나 저 아래 있을 이유가 없지 않아요?"

"가봐야 알지. 마왕의 차원인데 에르그 에너지의 파동이 아예 없다는 게 더 수상해."

"흠."

김민희는 입안이 껄끄럽다는 듯 볼을 씰룩이고선 입을 닫았다. 그러자 두 사람을 보고 있던 고준영이 씩 입꼬리를 올리며 물었다.

"나는?"

"무슨 대답을 기대하고 묻는 거예요?"

"그야……."

"그만해라. 서로 상처만 남는다."

윤태수가 고준영의 말을 끊자 그는 슬픈 표정이 되어 코끝을 훔쳤다.

그들을 보고 짧은 한숨을 내쉰 김민희는 아엘로의 창 10개를 전부 펼쳐 협곡의 벽에 쏘았고, 곧 훌륭한 계단이 완성되었다.

"내려갑시다."

김민희가 제일 먼저 협곡 아래로 뛰어내렸고 그녀의 뒤로 세 사람이 따라 뛰어내렸다.

　　　　　*　　　　　　*　　　　　　*

　세이렌이 물 풍선이 터지듯 사라짐과 동시에 신혁돈은 협곡을 벗어나려 땅을 박찼다.

　아니, 박차려 했다.

　'다리가 움직이지 않는다.'

　어떠한 에르그 에너지의 움직임도 없는 상황.

　발뿐만이 아니었다.

　사슬에 묶이기라도 한 듯 몸 전체를 옴짝달싹할 수 없었다.

　신혁돈은 당황하지 않고 에르그 에너지의 유동에 집중했지만 어떠한 움직임도 포착할 수 없었다.

　'무슨……'

　정신 공격인가?

　그럴 리 없었다.

　모두의 벗과 백차의 정신을 흡수한 상태에서 그에게 정신 공격을 가할 수 있는 존재는 없다. 그러나.

　'바커스.'

　백차보다 강하며 그의 정신을 무너뜨릴 수 있는 유일한 존재.

　'함정이었나.'

　어쩌면 헤이톤의 호의에 나타난 땅 자체가 환각이며 이곳에 도착한 순간부터 환영에 걸려들었을 수도 있었다.

"후."

신혁돈이 짧게 심호흡을 한 순간.

그의 발밑에 흐르는 바다와 협곡의 벽, 그를 둘러싸고 있는 모든 것들의 표면이 울렁거림과 동시에 기괴하게 생긴 세이렌들이 튀어나왔다.

손에 기다란 삼지창을 든 세이렌들은 수많은 촉수들을 이리저리 움직이며 신혁돈을 향해 걸어왔다.

신혁돈은 에르그 에너지를 끌어모으기 시작했다.

적의 정신을 공격해 묶어둔 뒤 병력들로 그를 공격한다. 정신 공격의 아주 기본적인 응용이었지만 그만큼 효과적인 방법.

'움직일 수 없다면 다가오지 못하게 한다.'

다행히도 에르그 에너지는 정상적으로 움직였다. 신혁돈은 끌어모은 에르그 에너지를 전부 외부로 돌리며 몸을 감싸고 있는 불과 벼락에 집중했다.

그 순간, 그의 몸에서 샛노란 에르그 에너지가 피어오르기 시작했다.

마치 마왕의 것과 같은 샛노란 빛깔 속에 타오르는 화염과 새하얀 빛을 번쩍이는 번개가 섞여 있었다.

처음 보는 현상에도 신혁돈은 에르그 에너지의 운용을 멈추지 않았고 곧 세이렌들의 공격이 시작되었다.

하나 그들은 무기를 내지를 수 있는 거리에 닿기도 전에 온몸이 새카맣게 타올라 버렸다. 간신히 불길을 버텨낸 뒤 다가와 무기를 내지른 이들 또한 벼락에 맞아 새카매지는 것은 똑같았다.

세이렌들이 자신에게 피해를 주지 못하는 것을 확인한 신혁돈은 곧바로 자신의 몸을 묶고 있는 것의 정체를 파악하기 시작했다.

가능성이 가장 높은 것은 바커스의 정신 공격이었다.

그가 직접 펼친 정신 공격이라면 아무리 신혁돈이라도 묶어둘 수 있을 것이었다. 그렇다면 해제하기 위해서는 어떻게 해야 하는가.

신혁돈은 눈을 감은 채 온몸에 힘을 주었다.

그가 움직이지 못하는 이유는 바커스가 그의 정신에 대고 '움직이지 말라' 명령했기 때문이다.

그의 몸이 바커스의 말을 따르는 이유는 신혁돈의 정신력보다 바커스의 스킬이 강력했기 때문이고.

몸의 안정을 찾았기 때문일까.

머리가 빠르게 돌았고 곧 결론을 내릴 수 있었다.

'주변의 에르그 에너지를 차단한다.'

정신 공격 또한 스킬이며 에르그 에너지를 이용하는 것. 그의 에르그 에너지를 차단하면 정신 공격을 막아낼 수 있을 것이며 그 후에 대비책을 강구하면 된다.

결론을 내린 신혁돈은 곧바로 에르그 에너지를 움직여 협곡 전체의 에르그 에너지를 동결시키기 시작했다.

그의 몸에서 막대한 에르그 에너지가 빠져나갔고 그와 동시에 대기 중에 흐르고 있던 에르그 에너지가 굳기 시작했다.

그리고 그의 주변을 돌던 모든 에르그 에너지가 멈춘 순간.

팟!

그를 둘러싸고 있던 세이렌들이 물속에 녹아든 물감처럼 형체를 잃고 사라졌다. 그러자 그의 몸이 움직이기 시작했다.

'됐다.'

그리고 협곡을 타고 내려오는 네 마리의 세이렌이 신혁돈의 시야에 잡혔다.

네 마리는 바커스의 차원에서 보았던 어떤 괴물들보다 강력한 에르그 에너지 파동을 품고 있었다.

'이것이었나.'

딱 보기에도 강해 보이는 네 마리가 협공을 했다면 몸이 묶인 신혁돈은 꼼짝 없이 피해를 입었을 것이었다.

그때 손가락 끝부터 감각이 돌아오는 게 느껴졌다.

신혁돈은 빠르게 에르그 에너지를 돌리며 몸의 회복을 촉진했다.

'안개?'

발가락과 다리, 팔의 감각이 돌아올 때쯤 네 마리의 세이렌은 이미 협곡 바닥까지 내려와 있었다. 그와 동시에 협곡 전체에 안개가 차오르고 있었다.

'어설픈 수작이군.'

정신 공격이 실패한 것을 눈치챈 바커스가 안개를 일으킨 것이다. 신혁돈은 섣불리 움직이지 않고 안개가 세이렌의 모습을 완전히 감출 때까지 기다렸다.

그리고 자욱한 안개가 모든 시야를 가린 순간.

'풀렸군.'

신혁돈의 몸이 그의 의지대로 움직이기 시작했다.

거칠 것이 없어진 신혁돈은 곧바로 불의 검을 뽑아 들었다.

제일 먼저 내려온 윤태수가 아엘로의 창을 발판 삼아 협곡 바닥에 발을 디디자 발이 미끄러지며 그의 몸이 휘청였다.

"어?"

당황한 윤태수는 재빨리 균형을 잡고 뒤따라 내려오는 이들에게 소리쳤다.

"미끄러우니까 조심해라."

윤태수는 곧바로 주변을 경계하며 검을 뽑아 들었고 그의 뒤로 세 사람이 차례대로 땅을 디뎠다.

"어엇."

"억."

"꺅."

세 사람은 갖가지 소리를 내며 미끄러졌고 윤태수는 그들을 보며 혀를 찼다.

"조심하라니까."

"이거 미끄러운 게 아닌 거 같은데 말입니다."

"미끄러우니까 미끄러지지."

고준영에게 핀잔을 준 윤태수는 고개를 돌려 협곡 전체를 둘러보았고 위에서 볼 때와는 조금 다르다는 것을 깨달았다.

"안개가 원래 이렇게 짙었나?"

"그러게 말입니다."

바닥에 발을 딛기 전까지는 맑았던 날씨였는데 어느새 한 치 앞도 분간하기 힘들 정도의 안개가 협곡 전체를 뒤덮고 있었다.

네 사람은 이상한 것을 느끼면서도 그러려니 하며 무기를 뽑아 들었다.

"발 조심하면서 전진한다."

"예."

"민희는 아엘로의 창 멀리 퍼뜨려서 주변 경계하고."

"네."

네 사람은 김민희를 필두로 마름모꼴로 선 뒤 안개를 헤치고 걷기 시작했다.

거친 파도 소리와 짙은 안개 속에서 길드원들의 긴장은 최고조에 달한 상태.

그들은 파도에 흔들려 달그락거리는 돌 소리에도 멈추어 서서 주변을 살폈다.

"뭐가 있을까요?"

"모르지. 그러니까 안전하게 가는 거고."

김민희의 물음에 윤태수가 대답한 순간.

팅!

지금까지 들렸던 자연의 소리와는 전혀 다른, 이질적인 소리가 그들의 귓가에 울렸다.

"뭔가 창을 튕겨냈어요!"

김민희는 소리를 지름과 동시에 아엘로의 창 전부를 움직여 소리가 난 쪽으로 쏘았다.

티티티티팅! 콰드득!

화아아악!

아엘로의 창이 사방으로 튕겨 나갔고 그와 동시에 무언가가 안개를 뚫고 나왔다.

"…맙소사."

안개를 뚫고 나온 것을 본 순간, 네 사람은 어째서 이런 안개가 생긴 것인지를 알 수 있었다.

어지간한 건물 3층 높이의 거대한 돌덩어리가 새빨간 용암을 뚝뚝 흘리며 불타고 있었다.

괴물의 몸에서는 끊임없이 새하얀 수증기가 흘러나오고 있었는데 그것이 안개의 원인으로 보였다.

돌덩어리는 네 개의 팔을 지니고 있었는데 네 개 전부 기암괴석의 모양을 하고 있었다. 두 개는 마치 검과 같았으며 나머지 두 개는 연결되어 거대한 창의 모양을 하고 있었다.

"저거 뭡니까."

"용암 골렘… 같은데요."

"뭐 그런 거 같은데… 어쩝니까?"

"굳이 싸워줄 필요 없다. 뒤로 빠져."

용암 골렘은 한 손을 높이 든 채 그들을 멈추어 있었다.

그사이 윤태수의 오더를 들은 길드원들이 천천히 뒤로 걷기 시작했다.

용암 골렘 또한 그들과 싸울 생각은 없는지 나타난 자리에 그대로 서서 움직이지 않았다.

길드원들은 용암 골렘을 향해 시선을 고정시킨 채 천천히 뒤로 물러섰다.

뒤로 10m 정도 걸었을까.

짙은 안개 덕에 용암 골렘은 더 이상 보이지 않았지만 길드원들은 긴장을 유지하고 있었다. 더욱 뒤로 물러서 협곡의 벽에 다다랐을 때.

"후……."

고준영이 긴 한숨을 내쉼과 동시에 이마에 흐른 땀을 훔쳤다.

"방금 그거. 용암 골렘? 엄청 강했지 말입니다."

"그런 괴물이 어디서 나타난 거지? 아깐 못 봤는데."

"그러게."

길드원들이 한마디씩 던지는 사이 윤태수는 여전히 안개 속을 노려보고 있었다.

고준영의 말대로 용암 골렘은 수준이 파악되지 않을 정도로 강한 적이었다.

그 정도 에르그 에너지를 보유하고 있다면 이 정도 거리는 무시한 채로 눈 깜짝할 새 공격해 들어올 수 있을 것이었다.

"일단 돌아간다."

신혁돈을 찾는 것보다 일단 자신들의 목숨을 챙기는 게 우선이었다. 신혁돈이야 지옥 불구덩이에 빠뜨려 놓아도 살아 돌아올 인간이지만 윤태수는 아니다.

세 사람 또한 비슷한 생각인지 돌아간다는 말에 별다른 반대는 없었다. 김민희는 멀리 뿌려두었던 아엘로의 창을 불러들였다.

"아오… 창 하나가 부서졌어요."

그녀의 말대로 돌아온 아엘로의 창은 아홉 자루였다. 개중 세 개는 반쯤 녹아 창이라기보다는 몽둥이로 보일 정도.

"안 싸우길 잘했네."

말을 마친 윤태수는 곧바로 정신망을 이용해 백종화에게 말했다.

'형님 여기 웬 괴물이……'

"어라?"

"왜 그러십니까?"

"그 정신망인가 뭔가, 우리끼리 얘기할 수 있는 거. 그거 안 되는데?"

윤태수의 말에 민강태와 고준영이 정신망을 사용해 보았지만 그들 또한 마찬가지.

"그러게 말입니다."

"저 안개가 문젠가?"

그들이 사용한 스킬도 아니거니와 어떤 원리로 작동되는지도 모르는 상황.

그들은 그냥 안 되는구나 생각하고 말았다.

길드원들이 사주를 경계하는 사이 김민희는 암벽에 창을 꽂아 넣었고, 창을 계단 삼아 협곡을 오르기 시작했다.

*　　　　　*　　　　　*

　티티티팅!

　자신을 노리고 쏘아지는 것을 반사적으로 쳐낸 신혁돈은 곧바로 날아온 방향으로 몸을 날렸다.

　그리고 네 마리의 세이렌을 발견할 수 있었다.

　신혁돈이 불의 검을 내리치려는 순간.

　알 수 없는 기분이 들며 그의 손이 멈칫했다.

　'뭐지?'

　지금 저것들을 처리한 뒤 흡수한다면 이 섬의 위험 요소에 대해 파악하는 데 큰 도움이 될 것이었다.

　한데 무언가 꺼림칙하다.

　네 마리의 세이렌들은 신혁돈을 보고도 공격을 하기는커녕 놀란 새끼 사슴들처럼 천천히 뒤로 물러서기 시작했다.

　신혁돈은 그들의 뒷모습을 가만히 바라보았다.

　그리고 그들이 안개 속으로 사라졌을 때.

　'죽여야 한다.'

　강렬한 살의가 신혁돈의 머릿속을 장악했다.

　신혁돈은 그것이 옳다 판단했다.

　'일단 죽이고 이곳을 벗어난 뒤에 생각해도 늦지 않는다.'

　결론을 내린 신혁돈은 고개를 끄덕인 후 그들의 에르그 에너지가 느껴지는 곳으로 몸을 날렸다.

쿵!

화아아악!

마치 탄환처럼 날아간 신혁돈은 눈 깜짝할 새에 협곡의 벽에 도착했다. 그러자 벽을 오르고 있는 네 마리의 세이렌을 발견할 수 있었고, 곧 자신의 눈을 의심했다.

세이렌들이 기다란 촉수를 벽에 박아가며 협곡을 오르고 있었기 때문.

'벽을 올라?'

세이렌은 본래 물에 사는 괴물.

바로 앞에 있는 바다를 두고 협곡을 오르다니, 이해가 되지 않았다.

하지만 이미 결론을 내린 상황. 더 고민할 필요가 없었다.

신혁돈은 에르그 에너지를 끌어 올리며 불과 벼락으로 이루어진 날개를 펼쳤고 그와 동시에 맨 위에 있는 세이렌을 향해 불의 검을 내질렀다.

그 순간.

"카이레!"

콰드드득!

세이렌 중 하나가 소리쳤다.

그러자 맨 위에 있던 세이렌의 촉수가 방패 모양으로 튀어나와 신혁돈의 공격을 막아냈다.

그 덕에 촉수가 아작 나긴 했지만 한 번의 공격을 막아낸 세이렌들은 곧바로 땅으로 내려왔다. 신혁돈은 고저(高低)의 이점을 취해 뛰어내리면서 두 개의 검과 언월도를 동시에 휘둘렀다.

콰쾅! 콰드드득!

세 개의 무기가 각기 다른 타깃을 노리며 동시에 쏘아졌고 세이렌들은 이리저리 흩어지며 그의 공격을 피해냈다.

'빠르다.'

그리고 익숙했다.

어디선가 본 듯한 움직임.

하지만 신혁돈은 의구심은 덮어둔 채 일단 검을 휘둘렀다.

'죽이고 생각하자.'

그가 가장 가까이 있는 세이렌을 향해 불의 검을 휘두른 순간, 방패 모양의 촉수를 만들어내던 세이렌이 앞으로 달려나오며 검을 몸으로 막아냈다.

그 탓에 검의 진로가 바뀌었고 불의 검은 애꿎은 바닥을 내리찍었다.

쿠웅!

그의 검에 적중당한 세이렌은 허리를 중심으로 상하체가 나뉘어 바닥으로 떨어져 불타기 시작했다.

신혁돈은 나머지 세 마리를 향해 다시 한 번 무기들을 휘둘렀다.

"민희야!"

용암 골렘의 날카로운 팔이 김민희를 두 동강 냈고 김민희는 그대로 불타올랐다. 무한한 생명력을 가진 그녀라지만 고통을 느끼는 것은 매한가지.

"끄아아아아!"

고통에 찬 비명이 협곡 전체에 울려 퍼졌지만 윤태수는 아무것도 할 수 없었다.

'상대가 되질 않는다.'

용암 골렘은 강했고 빨랐으며 지극히 효과적으로 움직였다.

마치 그들의 움직임을 미리 읽기라도 한 듯 퇴로를 향해 불타는 팔을 휘둘러댔고 한 번 휘두를 때마다 길드원들은 목숨을 걸고 피해야 했다.

이대로는 죽는다.

모두의 머릿속에 같은 생각이 든 순간, 민강태가 소리쳤다.

"가서 종화 형님을 데려오십시오. 제가 막고 있겠습니다."

그의 스킬은 굳건한 신체.

이번 각성으로 인해 그 누구보다 단단한 몸을 가지고 있는 이였다. 죽지 않는 김민희 덕에 최전방이 아닌, 그녀의 뒤를 맡는 역할을 하고 있긴 했지만 그 또한 방어라면 일가견이 있었다.

소리친 민강태는 용암 골렘을 향해 달려갔다.

그 순간, 고준영과 윤태수의 눈이 마주쳤다.

어차피 승산은 없고 이대로 싸워봤자 모두 죽을 뿐, 희망은 없다.

그렇다면…….

윤태수의 시선이 고준영에게 향했다.

"야."

"예?"

"강태 데리고 가라."

말이 끝낸 윤태수의 등에 새겨진 빛의 문신이 눈이 부실 정도로 엄청난 빛을 발했다.

그와 동시에 윤태수의 몸이 사라졌다.

그가 다시 나타난 곳은 민강태의 옆이었다.

덥썩!

"억!"

휘익!

윤태수는 민강태의 멱살을 쥐고 뒤로 던져 버린 후, 자신의 머리 위로 떨어지는 용암 골렘의 팔에 감쇄를 사용했다.

용암 골렘의 팔이 순간 느려지며 그의 공격은 바닥을 때렸다.

콰앙!

간신히 목숨을 구한 윤태수는 뒤도 돌아보지 않고 소리쳤다.

"가라고!"

그가 소리친 순간.

고준영이 이를 악물고 민강태의 허리춤을 낚아챈 뒤 그의 스킬, 순간 가속을 사용해 협곡을 떠났다.

"후……."

윤태수는 짧은 한숨을 내쉰 뒤 용암 골렘을 올려다보았고 용암 골렘은 공격 대신 그를 마주 보았다.

"거 눈도 없는 새끼가 뭘 꼬나봐."

그의 도발에도 용암 골렘은 꿈쩍도 하지 않았다. 윤태수는 다시 한 번 말했다.

"대가리까지 돌로 되어 있어서 생각도 없냐? 네 상대는 나야, 돌대가리 새끼야."

윤태수는 말을 하면서도 천천히 걸어 용암 골렘의 주위를 빙빙 돌았다.

그리고 용암 골렘의 등 뒤로 이동했을 때, 그는 바닥에 쓰러져 있는 김민희를 볼 수 있었다.

그녀는 두 조각으로 나뉜 채 새카맣게 타 있었는데 벌써 화상을 입은 피부 아래로 새 살이 돋아나고 있었다.

'민희는 됐고……'

이제 남은 것은 자신.

'나만 살아남으면 된다.'

윤태수는 한껏 에르그 에너지를 끌어 올린 뒤 자신의 몸에 증폭을 걸면서 용암 골렘의 다리를 노려보았다.

그와 용암 골렘의 거리는 10m가량.

팔을 휘둘러선 닿지 않을 테니 다리를 움직여야 할 것이다. 그것을 보고 피하면, 최소한 늦진 않게 피할 수 있을 것이다.

게다가 감쇄까지 있으니 살아남을 확률은 있다.

낮아서 문제지만.

그의 생각이 끝날 무렵.

용암 골렘 또한 빈 대가리로 생각을 마친 것인지 거대한 다리를 들었다.

*　　　　*　　　　*

'뭐지.'

신혁돈이 세이렌 한 마리를 베어 넘긴 순간, 다른 한 마리가 무어라 소리치며 그에게 달려들었다.

신혁돈은 볼 것도 없이 달려든 놈을 공격했으나 방금 전 소리쳤던 놈이 새하얀 빛을 뿜으며 신혁돈에게 디버프를 걸었다.

그사이 두 놈은 도망쳤고 신혁돈의 앞에 남은 것은 빛을 뿜는 세이렌 하나였다.

마치 자신을 희생해 다른 이들을 살리겠다는 듯 그의 앞에 선 세이렌은 자신의 말로 무어라 말해댔고, 신혁돈은 그저 그를 바라보았다.

'죽여야 한다.'

아니, 뭔가 이상하다.

그래도 죽여야 한다.

죽이고 생각해도 늦지 않는다.

맞아.

일단 죽이고 나서 생각하자.

결론이 난 순간, 신혁돈의 몸이 홀로 남은 세이렌을 향해 쏘아졌다.

고준영은 민강태를 옆구리에 낀 채 달리고 또 달렸다.

숨이 턱 끝까지 차오르고 제대로 돌지 않는 에르그 에너지 때문에 몸이 터져 버릴 것 같았지만 그래도 달렸다.

그렇게 협곡의 위로 올라온 순간.

"크허어억……."

고준영은 민강태를 던지듯 내려놓고 대자로 누워 숨을 들이쉬었다. 민강태는 바닥에 던져진 채 멍한 얼굴로 고준영을 바라보았다.

고준영은 민강태의 표정을 보고서 입술을 씹은 뒤 제대로 숨도 쉬지 못하는 와중에도 정신망을 열었다.

'형님!'

—누구냐.

'고준영입니다. 협곡에 용암 골렘이 나타났습니다. 추정 등급 25등급 이상. 민희는 당했고 태수 형님이 시간을 끌고 있습니다. 지원 바랍니다.'

—출발한다.

그 순간 하늘에 보이던 새카만 점들이 추락하는 게 아닐까 싶을 정도로 순식간에 커다래지며 섬으로 낙하하기 시작했다.

—제대로 말해봐. 어떻게 된 거야?

'협곡에 괴물이 있었습니다. 5m 정도에 불로 휩싸인 거대한 돌덩어리고… 온몸에서 안개가 뿜어져 나옵니다. 바로 공격하지 않길래 도망치려 했더니 공격해 왔습니다. 민희는 두 조각 났고……'

그의 설명이 끝나기도 전에 백종화가 소리를 질렀다.

—맡고 이 새끼야! 왜 연락 안 했어?

'안개 속에서는 정신망이 안 통합니다.'

―그럼 태수는? 왜 혼자 남았는데?

'저희를 살리려고……'

―…씨발.

나지막한 욕설과 함께 백종화의 통신이 끊겼다.

그리고 협곡의 위로 쿠엔틴의 거대한 그림자가 드리웠다.

협곡에 도착한 순간, 백종화는 쿠엔틴의 등에서 뛰어내리며 쿠엔틴에게 말했다.

'협곡의 괴물을 죽여라.'

―불가하다.

쿠엔틴의 대답과 동시에 백종화의 시야 가득 협곡이 들어왔으나 윤태수도, 용암 괴물도 보이지 않았다.

당황한 백종화는 쿠엔틴에게 신호하며 협곡 위를 날았고 그와 동시에 쿠엔틴에게 물었다.

'어째서?'

―그는 나의 주인이다.

쿠엔틴의 대답을 들은 순간, 백종화의 눈초리가 찢어질 듯 커졌다.

'주인이라니? 용암 괴물이 혁돈 형님이라고?'

―비슷하지만 아니다.

다급한 상황, 말을 딱딱 잘라 하는 쿠엔틴 덕에 화가 치민 백종화는 이를 악물며 말했다.

'제대로 말해라. 아니, 그보다 협곡에는 아무도 없다.'

―있다. 인간과 주인이.

'…뭐?'

―저 아래, 나조차 어찌하지 못할 환각이 펼쳐져 있다. 나의 주인 또한 환각에 걸려 있겠지. 네가 말한 인간은 물론이고, 그리고 너 또한 환각 때문에 아무것도 보지 못하는 것이다.

그의 말이 백종화의 머릿속에 울린 순간. 백종화는 모든 상황을 꿰뚫어 볼 수 있었다.

'맙소사…….'

막아야 한다.

윤태수는 신혁돈을 괴물이라 생각하고 있을 것이고 신혁돈 또한 윤태수를 적이라 생각하고 있을 것이다.

그리고 신혁돈은 괴물을 잡아먹는다.

'네 주인을 막아!'

―주인의 뜻을 거스를 수 없다.

그렇다면.

'인간을 살려라!'

―늦었다.

'…죽었다고?'

―아직은 아니다.

'그럼 살려!'

―어떤 인간을?

'덜 다친 인간!'

김민희는 두 동강 났다고 했으니, 덜 다친 것이 윤태수일 것이다. 김민희는 아무리 다쳐도 살아날 수 있지만 윤태수는 손가락 하나라도 잘리는 순간 끝이다.

―그렇게 하지.

쿠엔틴은 지금까지 말다툼을 한 것이 장난이었다는 듯 쉽게 수락했고 그와 동시에 거대한 몸을 협곡으로 들이밀었다.

그의 그림자에 가려진 백종화는 쿠엔틴의 낙하를 피하기 위해 빠르게 상승했다.

쿠엔틴의 거대한 몸이 협곡을 부수고 들어갔다.

콰콰콰콰쾅!

그의 몸에 부딪힌 협곡은 두부 조각처럼 으스러지며 돌의 비를 내렸고 그의 입에서 뿜어지는 숨결에 닿은 바위 또한 녹아내렸다.

순식간에 협곡을 무너뜨리고 협곡 사이로 흐르는 바다에 다다른 쿠엔틴은 그대로 바닥을 들이받았다.

쿠아아아아앙!

화산이라도 폭발한 듯 섬 전체가 흔들리며 어마어마한 굉음이 터져 나왔다.

언령을 통해 협곡 위를 날며 그 광경을 바라본 백종화의 입이 떡 벌어졌다. 단순히 몸으로 들이받은 것만으로 협곡을 무너뜨리다니.

쿠엔틴의 힘을 실감한 백종화가 놀라는 사이, 쿠엔틴은 날개를 털어 몸 위로 떨어진 돌덩이들을 떨쳐내며 고개를 들었다. 그 동작으로 다시 한 번 협곡이 무너져 내리기 시작했다.

그리고 쿠엔틴의 입이 벌어진 순간, 크라켄을 한 방에 터뜨려 버렸던 에르그 에너지가 그의 입으로 모여들기 시작했다.

*　　　　*　　　　*

홀로 남은 세이렌은 끈질겼다.

네 개의 촉수 중 하나가 날아가 피를 질질 흘리면서도, 화상을 입어 제대로 움직이지도 못하는 다리를 질질 끌면서도 끊임없이 그의 공격을 피하며 스킬을 사용해 댔다.

자신은 빨라지고 신혁돈은 느려지게 하는 알 수 없는 스킬은 번번이 그의 공격을 빗나가게 만들었고, 그 덕에 신혁돈은 머리끝까지 화가 차오른 상황이었다.

제대로 맞붙으면 두 합도 되기 전에 고깃덩어리가 될 놈이

몇십 합을 버텨내고 있으니 그럴 수밖에.

게다가 신혁돈이 쇼크 웨이브 혹은 불덩이를 쏘려고 하면 귀신같이 알아채고서는 그에게 딱 붙어 공격을 피해냈다.

한낱 세이렌 따위가!

냉철했던 신혁돈의 이성은 점점 과열되었고 그답지 않게 과한 에르그 에너지를 사용하며 주변을 초토화시키기 시작했다.

그가 강한 공격을 하기 위해 큰 동작으로 움직일수록 세이렌은 더욱 쉽게 피했고, 그렇게 몇 번이나 더 공격했을까.

쿠우우우우웅!

엄청난 충격파가 협곡 전체를 뒤집어놓았다.

신혁돈조차 균형을 잃고 비틀거릴 정도의 충격에 땅은 뒤집혔고 하늘에선 돌들이 비처럼 쏟아져 내렸다.

신혁돈이 간신히 균형을 잡은 순간, 그의 뒤편에서 어마어마한 에르그 에너지가 응집되는 것이 느껴졌다.

'협공인가.'

신혁돈의 정신이 팔린 순간.

슈우우욱!

푸욱!

"크아!"

어디선가 날아든 촉수가 신혁돈의 어깻죽지를 꿰뚫었다.

불의 거인으로 변한 어깨가 아닌, 그의 진짜 어깨를!

불의의 일격을 당한 신혁돈은 눈을 부릅뜨며 창의 궤적을 쫓았다.

그리고 그곳에 쓰러져 있는 세이렌을 발견할 수 있었다.

'안 죽었다니?'

전투가 시작되자마자 두 조각으로 갈라 버렸던 세이렌은 어느새 회복된 몸을 하고선 여러 개의 촉수를 흔들고 있었다.

울컥!

신혁돈은 역류하는 피를 뱉어낸 뒤 두 마리의 세이렌을 바라보았다.

'무슨 재생력이란 말인가.'

무한한 생명력을 가진 김민희가 아니고서야 저 정도 재생력은 말이 되지 않는다.

'…김민희?'

신혁돈의 머릿속에 의문이 떠올랐다.

방금까지 상대하던 세이렌의 기술은 윤태수가 사용하는 증폭과 감쇄와 비슷하다.

재생한 세이렌의 촉수는 김민희가 다루는 아엘로의 창과 비슷, 아니, 똑같다.

그 순간, 빈틈을 잡은 두 마리의 세이렌이 동시에 신혁돈을 공격했고 그들의 공격이 불의 거인의 몸을 꿰뚫었다.

방금 신혁돈의 몸을 공격했던 것은 순전히 운이었는지 이번에는 불의 거인의 복부와 머리가 터져 나갔고, 곧바로 신혁돈의 에르그 에너지에 의해 복구되었다.

그럼에도 신혁돈은 움직이지 않았다.

'죽여야 한다.'

아니, 그들은… 세이렌이…….

'맞다. 어서 죽여야 한다.'

그 순간.

"누구지?"

그는 자신의 머릿속에서 이야기하고 있는, 자신이 아닌 누군가를 발견했다.

그의 목소리인 양 그를 흉내 내고 있는 존재.

물음과 동시에 머릿속이 환해지는 느낌이 들었다.

그리고 에르그 에너지가 아닌, 무언가가 자신의 머릿속을 떠나는 느낌까지도.

신혁돈은 그 느낌을 놓치지 않기 위해 눈을 감았고 모든 감각을 동원해 느낌이 사라진 방향을 쫓았다.

눈을 감은 신혁돈의 고개가 스르륵 돌아갔다. 느낌이 완전히 자취를 감춘 순간, 협곡 가득 내려 있던 안개가 걷히기 시작했다.

기회를 잡은 세이렌들은 쉴 새 없이 불의 거인의 몸을 난자했지만 신혁돈은 손가락 하나 움직이지 않고 그들의 공격을 받아냈다.

그리고 모든 안개가 걷혔을 때.

신혁돈은 자신의 뒤편에서 느껴졌던 에르그 에너지의 정체를 알아챌 수 있었다.

'쿠엔틴······.'

그리고 그를 공격하고 있는 이들은.

"그만해라."

세이렌, 아니, 윤태수와 김민희는 그의 말이 들리지 않는지 시뻘게진 눈으로 신혁돈의 몸을 난자하는 데 여념이 없었다.

"당했구나."

그 순간.

"···어?"

불의 거인의 몸을 난자하던 아엘로의 창이 멈추었다. 불의 거인의 크기도 천천히 줄어들기 시작했다.

그제야 정신을 차린 윤태수가 숨을 헐떡이며 뒤로 물러섰다. 이윽고 세 사람의 시선이 허공에서 마주쳤다.

"···형님?"

"아저씨!"

오른팔이 날아가고 왼 다리에 큰 화상을 입은 윤태수는 자신의 눈을 믿을 수 없다는 듯 눈을 비볐다.

탱그랑!

그러고는 다 녹아버린 검의 손잡이를 놓고선 천천히 그에게 다가오며 말했다.

"…형님이었습니까?"

"그래."

몸 전체가 화상으로 뒤덮인 윤태수는 왼 다리를 질질 끌면서도 그에게 다가왔고 확신한 순간.

"…에이 썅."

그대로 쓰러졌다.

"뭐가 어떻게 된……"

그 광경을 보고 있던 김민희는 그제야 신혁돈의 가슴에 뚫린 커다란 구멍을 발견하고선 비명을 질러댔다.

신혁돈은 미간을 구기며 말했다.

"시끄럽다. 가서 종화나 데려와."

신혁돈이 가리킨 뒤편을 본 김민희는 그와 윤태수, 그리고 뒤편을 바라보다가 그쪽을 향해 달려갔다.

신혁돈은 주변을 둘러보았다.

"글렀군."

윤태수의 잘려 나간 오른팔은 어디 갔는지 보이지 않았고 상처 또한 화상 때문에 어쩔 수 없었다.

그렇다면 남은 부위라도 살려야 한다.

신혁돈은 쓰러져 있는 윤태수의 앞에 무릎을 꿇고 앉은 뒤 에르그 에너지를 끌어 올렸다.

뚝… 뚝…….

주먹 하나가 들어갈 정도로 뚫린 어깨에서 피가 떨어져 윤태수의 얼굴을 적셨지만, 신혁돈은 자신의 몸은 생각도 하지 않고 윤태수의 몸에 모든 에르그 에너지를 집중시킴과 동시에 모두의 벗의 스킬, 중급 치유를 발동시켰다.

아이템의 부가 효과로 큰 효과를 기대하긴 힘들었지만 신혁돈의 어마어마한 에르그 에너지가 합쳐지자 죽은 사람도 살려낼 정도의 효과가 생겨났다. 곧 윤태수의 피부가 빠른 속도로 재생되기 시작했다.

샛노란 에르그 에너지가 닿은 곳마다 화상이 회복되며 새살이 돋아났고 부러진 뼈가 붙어갔다.

문제는 오른팔.

"…넌 오른팔과 인연이 없나 보다."

전에는 오른 손목이 잘리더니 이번엔 오른팔이었다.

"이서윤이 또 하나 만들어줄 테니 너무 걱정하진 말아라."

마지막으로 오른팔의 상처까지 회복시킨 신혁돈은 조그만 상처 하나까지 살핀 후에야 윤태수의 몸에서 손을 뗐다.

"바커스……."

영리한 놈이었다.

환각에서 깨어났다 믿게 만들고서는 적끼리 자멸하게 만드는 이중 함정.

지금 생각해 보면 어이가 없을 정도로 쉽게 당했다.

중간중간 의문이 드는 것들이 그렇게 많았는데, 하나도 눈치채지 못하다니.

아무리 정신을 공격당했다 하지만 너무 쉽게 당했다.

"바커스."

마왕의 이름을 부르는 그의 입술이 가늘게 떨렸고 목소리 또한 낮게 깔렸다.

"바커스."

쉽게 죽이지 않을 것이다.

살려 달라 애원하고 또 애원할 때까지, 정신체도 고통을 느낄 수 있다는 것을, 자살하고 싶다는 생각이 들 수 있다는 것을 뼛속 깊이 새겨준 뒤 아주 천천히 죽일 것이다.

"바커스!"

마지막으로 짧게 소리친 신혁돈은 그제야 자신의 어깨를 치료하기 시작했다.

얼마 지나지 않아 백종화와 김민희가 그가 있는 곳으로 달려왔다.

*   *   *

오른 손목이 잘린 뒤, 꽤나 오랫동안 악몽을 꿨었다.

잘렸던 손목이 다시 붙기도 했고, 다시 잘리기도 했다.

그러다 어느 순간, 익숙해진 것인지 아니면 꿈을 꿀 여유조차 없어진 것인지 더 이상 꿈을 꾸지 않았다.

그러다가 다시 손이 생겼고, 악몽은 시작되었다.

그때와 같은 꿈.

잘리기도, 붙기도 하며 끝없이 괴롭혔다.

그러던 어느 날부터, 언제 그랬냐는 듯 꿈은 잊혀갔다. 아니, 그렇다 생각했는데 또다시 꿈을 꾸었다.

이번엔 팔이었다.

불타는 돌덩어리에 짓이겨지듯 날아간 팔은 그대로 불타 재가 되었고 상처는 화상으로 뒤덮였다.

근데 아프지 않았다. 그래서 알 수 있었다.

'꿈이구나.'

꿈은 보통 꿈인 것을 인지하면 깨어났다.

이번에도 그랬고, 곧 눈을 뜰 수 있었다. 그러고는 자연스럽게 오른손을 움직여 눈을 비볐다.

아니, 비비려 했다. 하지만 오른팔이 움직이지 않았다.

'엎드려서 잤나.'

그런 날이 있지 않은가.

진탕 술을 먹은 후 팔을 베고 잠에 든 날.

다음 날이면 내 팔이 내 것이 아닌 듯 아무런 감각이 없는 그런 날.

그런 날인가 싶었다.

왼팔을 움직여 보자 부드럽고 풍성한 무언가가 느껴졌다.

깃털의 느낌.

'도시락의 위에 누워 있구나.'

도시락의 위에 누워 잔 날만 세어봐도 한 달은 넘을 것이었다.

그러니 굳이 눈을 뜨지 않아도, 오른팔을 움직이지 않아도 알 수 있었다.

그렇기에 확인하고 싶지 않았다.

눈을 뜨지 않아도 어딘지 알 수 있었다.

그리고 더 이상 오른팔이 붙어 있지 않다는 사실도 누구보다 잘 알고 있었다.

그래서 눈을 뜨고 싶지 않았다.

"…씨발."

제5장

처절하게

윤태수는 눈을 떴고 평소처럼 웃었다.

그의 웃음에 이서윤 또한 평소처럼 웃어주려 노력했지만, 결국 울음을 참지 못했다.

"괜찮아요. 또 서윤 씨가 만들어줄 거잖아요? 전처럼 멋있게."

얼굴 가득 웃음을 머금은 윤태수는 도시락에 앉은 채 하나 남은 손을 활짝 펼쳤고 이서윤은 그의 가슴에 머리를 기댄 채 울음을 삼켰다.

얼마나 지났을까.

진정한 이서윤이 퉁퉁 부은 눈으로 그의 옆에 앉았을 때, 신혁돈이 그에게 다가가 말했다.

"미안하다."

"알면 됐습니다."

"복수해 주마."

"형님한테 말입니까? 됐습니다. 털 숭숭 난 팔 어디다 쓰겠습니까."

윤태수의 농담에도 웃는 사람은 없었고 외려 이서윤이 다시 눈물을 훌쩍이기 시작했다.

머쓱해진 윤태수는 뒷머리를 긁적이며 길드원들을 슥 돌아보며 말했다.

"치료가 잘돼서 그런지 아프지도 않습니다. 한동안 불편하긴 하겠습니다만… 뭐 어쩌겠습니까."

그의 백종화는 그의 어깨를 두들겨 주었고 길드원들은 조용히 자리를 지켰다.

"죽을 뻔했는데 살아남았으니 축하해야지, 왜 이래 다들. 누가 보면 사람이라도 죽은 줄 알겠네. 아, 민희 넌 괜찮아?"

마찬가지로 퉁퉁 부은 눈을 하고 있던 김민희는 조용히 고개를 끄덕였다.

윤태수는 짧게 한숨을 쉬었다.

"거참. 여러분, 쟤도 좀 걱정해 줍시다. 아무리 안 죽는다고 해도 불붙은 검에 두 동강 나고 온몸이 다 탔던 앤데."

나아지지 않는 분위기에 윤태수는 코를 쿨쩍 삼키고서는 주변을 둘러보았다.

"분위기 털긴 그른 거 같은데, 일 얘기나 합시다. 며칠이나 지났습니까?"

"사흘."

"…오래도 처잤네. 형님 가지고 장난 친 놈은 찾았습니까?"

"얼추."

"잘됐네. 그럼 바로 갑시다."

윤태수는 한 손으로 무릎을 짚으며 도시락의 등에서 일어섰다.

신혁돈은 가라앉은 눈으로 그를 바라보며 말했다.

"태수야."

"왜 그런 목소리로 사람 이름을 부르고 그럽니까. 적응 안 되게."

"미안하지만 지구로 돌아가 있어라."

어쩔 수 없는 선택이다.

드레이크를 타고 움직인다 한들 오른손을 잃은 이상 전투에 직접 가담할 수 없다.

만에 하나라도 괴물과 일대일 상황이 되는 순간, 그는 짐이 되고 만다.

"…거 잔인한 양반이네."

"이서윤과 함께 돌아가서 팔 붙이고 있어. 선물 예쁘게 포장한 다음에 부르마."

"선물 말입니까?"

"그래."

윤태수는 보일 듯 말 듯 짧게 입술을 씹은 뒤 고개를 끄덕였다.

"그럽시다. 원래 선물은 서프라이즈하게 받는 게 좋은데… 이렇게 예고하고 받는 것도 나쁘진 않겠네."

윤태수는 자신을 설득하듯 계속 고개를 주억거렸고 신혁돈은 뒤로 물러서서 차원관문을 만들기 시작했다.

"선물, 기대할 겁니다."

"잔뜩 해라."

곧 차원관문이 완성되었다. 윤태수가 차원관문의 앞에 서자 이서윤도 그의 옆에 섰다.

"다치지 말고, 성한 몸으로 봅시다."

짧은 말을 마친 윤태수는 그대로 뒤로 돌아 차원관문을 통과했고 이서윤이 그의 뒤를 따랐다. 두 사람이 통과한 차원관문을 바라보던 신혁돈은 짧게 혀를 차며 차원관문을 닫았다.

그때까지 말을 아끼고 있던 고준영이 하늘을 올려다보며 말했고 민강태가 그의 말을 받았다.

"개 같네."

"아주 많이."

그 두 사람을 슥 바라본 백종화가 신혁돈에게 고개를 돌리며 말했다.

"갑시다."

"그래."

*　　　*　　　*

신혁돈의 몸에서 빠져나간 기운.

그것이 자취를 감춘 위치까지 도착하는 데 걸린 시간은 하루였다.

도착할 때까지 진짜 세이렌과 크라켄들의 수도 없는 습격과 방해 공작이 아니었다면 몇 시간 걸리지 않을 거리.

"여기다."

신혁돈이 말하지 않더라도 모두가 느낄 수 있었다.

"비린내 냄새가 여기까지 나네."

새파란 바다 위에 떠 있는 거대한 섬.

그 위로는 수없이 많은 괴물들이 빽빽이 들어서 기성을 질러대고 있었다.

그간 보았던 모든 해양 괴물들을 모아놓은 모양새.

물가에는 크라켄의 촉수들이 이리저리 튀어나와 석주처럼 보일 정도였고 그사이로 정체를 알 수 없는 물고기를 닮은 괴물들이 헤엄치고 있었다.

"브레스 발사 준비."

습격을 당하지 않기 위해 높은 고도를 유지하고 있던 드레이크 편대가 백종화의 말과 동시에 타원형으로 펼쳐졌고 그 모습이 마치 공중에서 섬을 포위한 모양새였다.

진형이 완성된 순간.

"발사."

고저 없는 목소리가 백종화의 입에서 흘러나왔다.

괴물들에게는 죽음의 빛으로 보일 브레스가 아름다운 선을 그리며 섬을 뒤덮었다.

콰콰콰콰쾅!

"준비된 드레이크부터 재발사."

순간적으로 섬이 보이지 않을 정도의 엄청난 먼지와 화염 등이 사방으로 피어올랐고 그 위로 다시 한 번 브레스가 쏟아져 내렸다.

그리고 먼지가 걷혔을 때.

—배리어군.

—바커스의 것이 아니다. 메이지 계열의 괴물이 있나 본데.

—마왕의 군대라 이건가.

400마리가 넘는 드레이크들이 두 번씩 브레스를 쏘았으나 섬 위의 괴물들은 대부분이 거대한 배리어의 영향권 안에 있었기에 별다른 피해를 입지 않은 상황이었다.

사태를 관망하던 신혁돈은 고개를 한 번 끄덕이고서는 쿠엔틴에게 말했다.

—섬의 중앙에서 북동쪽으로 3㎞. 브레스를 쏘아라.

신혁돈의 말과 동시에 쿠엔틴의 아가리에 거대한 에르그 에너지가 모여들었다.

곧 바윗덩어리와 같은 묵직한 브레스가 섬을 향해 날아갔다.

전력을 다한 브레스가 아닌, 견제와 파악의 의미가 담긴 브레스였으나 그 어떤 드레이크의 브레스보다 강력한 브레스는 신혁돈이 지시한 방향으로 정확히 날아갔다.

브레스가 괴물들을 덮치기 직전.

부우우웅!

섬의 중앙에서 에르그 에너지가 폭발하듯 퍼져 나왔고 그와 동시에 섬 전체에 배리어가 펼쳐지며 쿠엔틴의 브레스를 막아냈다.

—봤나?

—예.

신혁돈의 물음에 백종화가 대답했다. 백종화는 곧 그레이트 드레이크들에게 지시해 순서대로 브레스를 뿜으라 명령했다.

여섯 마리의 드레이크가 순서대로 섬의 외곽을 공격했고 그때마다 섬 전체를 덮는 배리어가 펼쳐지며 드레이크들의 브레스를 막아냈다.

배리어가 펼쳐지는 모습과 에르그 에너지의 유동을 유심히 관찰하던 백종화는 결론을 내린 듯 전체에게 말했다.

─배리어를 치는 놈은 섬의 한가운데 있습니다. 한 마리일지, 모여 있는 건지는 모르겠지만 어쨌거나 저거부터 조지고 폭격하면 될 것 같습니다.

백종화가 결론을 내리기 전, 이미 그와 같은 생각을 하고 있던 신혁돈은 그의 확인에 고개를 끄덕이며 말했다.

─내가 간다.

이대로 대치한다면 장기전이 될 가능성이 높고 그렇게 될 시 쉴 공간이 없는 신혁돈 쪽이 불리해진다.

쉬기 위해서는 근처의 섬으로 돌아가야 하는데 오가는 사이, 혹은 쉬는 동안 기습을 당할 수도 있다.

개중에도 가장 큰 이유는 언제 또다시 정신 공격을 당할지 모른다는 것.

말을 마친 신혁돈은 곧바로 섬의 중앙을 향해 자유낙하를 시작했고 떨어져 내리는 그의 몸에서 샛노란 에르그 에너지가 흘러나왔다.

―노란 털뭉치를 집어 던진 것 같네.

―혜성 같지 않습니까? ´

그의 모습을 본 길드원들은 한마디씩 던졌다.

그사이, 강신을 마친 신혁돈은 하나의 운석이라도 된 듯 섬의 중앙을 향해 떨어져 내렸다.

부우웅!

다시 한 번 배리어가 펼쳐졌고 불의 거인이 배리어에 부딪히기 직전.

즈으.

즈으으.

배리어를 사이에 두고 차원관문의 입구와 출구가 생겨났다. 신혁돈은 차원관문을 통해 배리어를 그대로 통과해 버리며 섬의 중앙부로 떨어져 내렸다.

콰아아아아앙!

지축이 흔들린 듯한 충격이 섬 전체를 휩쓸었고 거인이 떨어진 곳에는 반경 50m가량의 크레이터가 생겨나며 먼지구름이 피어올랐다.

그리고 먼지구름이 가라앉기도 전, 불의 거인이 먼지구름을 헤치고 나타나 주변에 있는 모든 괴물들을 학살하기 시작했다.

그는 예의 그 모습인 두 개의 검과 하나의 언월도를 든 모습이 아닌, 두 개의 팔에 두 개의 워해머를 든 모습이었다.

불의 거인은 불의 거인이라 부르기 힘든 모습이 되어 있었다. 온몸에서는 샛노란 에르그 에너지가 사방으로 퍼져 나가고 있었으며 새하얗게 타오르는 불꽃과 번개는 그 사이사이로 얼핏 보일 뿐이었다.

콰르르르릉!

그의 워해머가 한 번 휘둘러질 때마다 수 마리의 괴물들이 휩쓸려 나갔다. 그 모습을 보고 있던 백종화는 헛웃음을 흘릴 수밖에 없었다.

─무슨 치트 쓰는 기분이네.

무력 100이 맥스인 삼국지를 플레이하는데 무력 200의 무장을 얻은 느낌이랄까.

신혁돈의 무쌍을 바라보고 있던 백종화는 고개를 휘휘 저은 뒤 그레이트 드레이크 한 마리에게 브레스를 쏘라 명령했다.

곧 그레이트 멜릭 드레이크의 입에 냉기가 모여들었고 발사되었다.

콰아아아아!

그냥 보기에는 거대한 얼음덩어리로 보이는 브레스는 아무런 방해도 받지 않고 멀뚱멀뚱 서 있는 괴물들 사이로 떨어져 내렸다.

땅에 닿는 순간, 얼음덩어리가 깨져 나가며 냉기 섞인 얼음 조각들이 사방으로 비산했고 한 폭의 지옥도가 연출되었다.

―이번엔 열 마리. 한곳에 집중해서 쏴.

백종화의 명령대로 열 마리가 브레스를 쏜 순간.

부우우웅!

기분 나쁜 진동음과 동시에 신혁돈의 뒤쪽에서 배리어가 펼쳐져 올라왔다. 배리어를 확인한 순간 백종화는 미소를 지었고 샛노란 빛의 거인은 뒤를 돌아보았다.

'저기군.'

배리어의 진원지를 찾아낸 신혁돈은 거대한 빛의 잔상을 남기며 돌진했다.

찰나의 순간이 지났을 때, 배리어를 만들기 위해 에르그 에너지를 모으고 있는 세이렌 무리를 발견할 수 있었다.

아름다운 여성의 상체와 어류의 하체를 가진 괴물. 정신 마법과 환각을 주로 사용하는 진짜 세이렌.

신혁돈은 세이렌이 입을 열기도 전에 위해머를 높이 올려든 뒤, 내리찍으며 쇼크 웨이브를 발동시켰다.

콰콰콰콰콰쾅!

벼락과 불, 그리고 바람 속성이 담긴 쇼크 웨이브는 신혁돈이 추락할 때와 비슷한 충격파를 남기며 땅을 뒤집어 버렸고 그 위에 있는 모든 것들을 조각냈다.

그와 동시에 신혁돈의 머리 위로 펼쳐지던 배리어가 사라졌고 신혁돈이 말했다.

―진짜 세이렌이 있다. 모든 괴물을 정리하기 전에는 착륙을 금지한다.

―브레스 쏘겠습니다.

―쏴.

배리어가 사라진 이상, 공격하는 쪽과 얻어맞는 이만 남았을 뿐이었다.

저들이 하늘을 날지 못하는 이상 드레이크를 공격할 순 없었다. 드레이크와 비슷한 힘을 가진 괴물들이 수십 수백이라지만 무엇하겠는가.

건드리지도 못하는데.

말을 마친 신혁돈은 자신의 머리 위로 쏟아져 내리는 브레스의 향연을 바라보며 천천히 하늘로 날아올랐다.

융단폭격처럼 쏟아지는 브레스들은 마치 신혁돈을 피해가기라도 하듯 그의 곁을 스쳐 섬으로 떨어져 내렸다.

브레스는 섬의 모든 괴물들을 쓸어버리는 것으로 모자라 섬 자체를 없애 버리겠다는 듯 오랜 시간 동안 쏟아져 내렸다.

섬의 상공, 드레이크들이 만든 타원의 정중앙에 선 신혁돈은 아무런 감정도 서리지 않은 표정을 한 채, 팔짱을 끼고 섬을 내려다보고 있었다.

*　　　*　　　*

드레이크들의 모든 에르그 에너지를 소모할 정도로 긴 폭격이 두 시간에 걸쳐 이뤄졌다.

섬은 원래의 형체를 알아볼 수 없을 정도로 초토화되었다.

바커스를 상대하기 전, 마지막 전력전이라고 보기에는 허무할 정도로 쉽게 끝난 전투.

그 중심에는 신혁돈이 있었다.

그가 직접 나서서 배리어를 만드는 괴물을 처리한 것이 승부를 결정짓는 큰 역할을 했고, 그에 반해 바커스는 정신 공격 외의 별다른 것을 보이지 못했다.

집중포화가 끝나자 신혁돈은 홀로 섬으로 내려가며 정신망을 통해 모두에게 말했다.

─대기.

지상에 도착한 신혁돈은 강신을 사용하지 않은 채 에르그 에너지 탐색을 시작했고 곧 바커스의 에르그 에너지가 강하게 흘러나오는 곳을 발견할 수 있었다.

─공간인가.

가이아와 백차, 하이노로가 그랬듯 바커스 또한 차원 내의 자신만의 공간을 만들어둔 것이다.

―전부 내려와라.

신혁돈의 명령에 모든 드레이크들은 차례대로 섬에 착륙하기 시작했다. 마지막으로 쿠엔틴까지 섬에 발을 디딘 후, 길드원들은 섬의 중앙에서 기다리고 있는 신혁돈의 주변으로 모여들었다.

그사이, 신혁돈은 가이아를 불렀다.

'가이아.'

―네.

마치 바로 옆에서 부르기라도 한 듯, 가이아는 한순간의 지체도 없이 대답했다. 신혁돈은 묘한 소름이 돋는 것을 느끼며 하려 했던 말을 전했다.

'윤태수는?'

―잘 있어요.

'곧 윤태수를 부를 생각이다. 올 때 인형 하나 가져오라 해라.'

―…인형이요? 갑자기 무슨?

말을 마친 신혁돈은 일방적으로 정신을 닫았고 그사이 도착한 백종화를 바라보며 말했다.

"피해는?"

"없습니다."

신혁돈의 주변에 모인 이들은 그들의 앞에 아가리를 벌리고 있는 동굴로 시선을 던졌다.

누군가 말을 해주지 않더라도 그곳에서 흘러나오는 바커스의 기운 덕에 동굴 안에 놈이 있음을 알 수 있었다.

"바로 갑니까?"

"그전에 두 가지."

신혁돈은 한 걸음 뒤로 물러서 길드원 전체를 바라보며 말을 이었다.

"하나, 바커스는 생포할 생각이다. 그러므로 차원석은 공격하지 않는다."

그의 뜻을 눈치챈 길드원들이 천천히 고개를 끄덕이자 신혁돈은 곧바로 말을 이었다.

"둘, 정신 지배 혹은 공격을 당했다는 생각이 들면 그 자리에 앉아라. 그리고 공격해 오는 모든 것을 피해라. 어떤 지독한 괴물이 나타나도 공격하지 마라."

"제 목숨이 위험해도 말입니까?"

"내가 알아서 처리할 테니 조금의 낌새라도 보이는 순간 그 자리에 앉아."

길드원들은 꺼림칙한 표정이었지만 윤태수와 신혁돈이 당했던 것을 기억하고서는 고개를 끄덕이며 동굴의 입구를 향해 고개를 돌렸다.

얼마 지나지 않아 장비와 몸 상태를 마친 고준영이 새파란 예기를 발하는 검을 뽑아 든 채 신혁돈에게 물었다.

"들어갑니까?"

"누가 들어간다 했나?"

"예?"

준비한 모든 괴물을 죽이고 섬 전체를 초토화시키고 있는 데도 자기 공간에 처박혀 나오지 않고 있다는 것은, 겁을 먹었 거나 마지막 한 장의 패가 있다는 것이다.

마왕이라는 이름값을 지닌 놈이 겁을 먹고 안 나올 리는 없으니 답은 무조건 후자.

마지막 패가 얼마나 강할지 모르는 상황에 굳이 그 패를 볼 필요가 있겠는가. 보지 않고 상대를 이기는 방법이 있는 데.

"공간을 부순다."

신혁돈은 입구에서 뒤로 물러섰다. 길드원들은 무슨 상황 인지 모르는 와중에도 부순다는 말을 듣고선 그를 따라 뒤로 물러섰다.

"쿠엔틴."

─브레스를 뿜으면 되는 것인가.

"여기서, 여기로. 네가 할 수 있는 모든 힘을 담아서."

신혁돈이 위치를 지정해 주자 쿠엔틴은 거대한 몸을 이끌고 네 개의 다리를 이용해 천천히 걸어왔다.

고목의 몸뚱어리와 같은 그의 다리가 한 걸음씩 내디뎌질 때마다 나는 소리는 지극히 평범했으나 듣는 이들은 그렇지 않은 듯 경외와 감탄이 담긴 눈으로 그의 걸음을 지켜보았다.

"볼 때마다 신기해."

모든 하늘거북의 어미를 보았을 때와는 또 다른 감정도 잠시, 동굴의 입구에 선 쿠엔틴은 천천히 입을 벌렸다.

어지간한 사람보다 거대한 이들이 촘촘히 돋아난 그의 아가리 사이로 에르그 에너지가 모여들기 시작했다.

그의 비늘 색과 같은 짙은 갈색의 에르그 에너지는 초저녁 밤하늘처럼 묘한 색을 발하며 크기를 불렸고 대기를 진동시켰다.

그리고 절정에 달했을 때.

콰콰콰콰콰쾅!

그의 앞에 있던 모든 것들이 사라졌다.

"…맙소사."

이 정도로 가까이서 본 것은 처음이었기에 길드원들은 놀람을 감추지 못했다.

그사이 신혁돈은 쿠엔틴에게 다가가 그의 턱을 쓰다듬으며 말했다.

"잘했다."

그의 행동을 예상치 못한 길드원들의 미간이 구겨졌지만 그것을 신경 쓸 신혁돈이 아니었다.

"저건 무슨……"

자기 손바닥만 한 비늘 몇 조각을 쓰다듬던 신혁돈은 뒤로 돌아 쿠엔틴이 만들어놓은 장관을 바라보았다.

무저갱의 입구가 이러할까, 아니면 폐허가 된 지하철의 입구가 이러할까. 끝이 보이지 않는 거대한 동굴은 안에 무엇이 있든 간에 그 존재 자체를 지워 버렸다는 듯 새카만 아가리를 벌리고 있었다.

"출발한다."

바커스는 쿠엔틴의 브레스를 예상하지 못했을 가능성이 높고 그가 당황하고 있을 때 빠르게 쳐야 한다.

말을 마친 신혁돈은 곧바로 동굴을 향해 몸을 던졌다.

멍한 얼굴로 쿠엔틴과 신혁돈을 바라보고 있던 길드원들 또한 그의 뒤를 따라 동굴을 향해 몸을 던졌다.

그리고 그들의 뒤를 지켜보던 쿠엔틴은 모두가 사라진 것을 확인한 뒤에야 신혁돈의 손이 닿았던 곳을 기다란 혀로 핥았다.

*　　　　　*　　　　　*

　물컹한 젤리로 가득 찬 풀에 몸을 던진 순간 드는 느낌이 이러할까.

　찰나의 감각이 지난 순간, 길드원들은 바커스의 공간에 들어왔음을 깨달을 수 있었다. 제일 마지막으로 공간에 진입한 백종화는 공간 전체를 살핀 뒤 말했다.

　"마왕은 미적 감각이라는 게 없나? 아니면 무슨 규율이라도 있는 건가."

　그의 말대로 바커스의 공간은 백차의 공간과 똑같았다. 거대한 돔, 매끈하게 깎여 있는 벽, 가운데 떠 있는 샛노란 차원석까지.

　백종화의 목소리는 거대한 돔의 벽에 반사되며 메아리쳤고 길드원들은 사뭇 긴장한 얼굴로 무기를 빼어 든 채 차원석을 노려보았다.

　마왕을 직접적으로 상대해 본 적도 없는 데다가 눈에 보이는 것이 차원석뿐이니 어디서 무슨 공격이 올지 모른다.

　그러니 당연한 것이었다.

　개중 유일하게 여유 있는 표정을 하고 있는 신혁돈은 강신도 사용하지 않은 채 차원석을 향해 걸어갔고 그가 차원석에 도착한 순간.

부우웅.

그를 밀어내듯 차원석의 주변으로 샛노란 배리어가 생겨났다.

"장난치나."

그의 반응에 헛웃음을 흘린 신혁돈은 배리어에 손을 올렸고 곧바로 흡수를 사용했다.

하지만 배리어를 이루고 있는 에르그 에너지의 결집은 단단했고 신혁돈에게 흡수되지 않으려 저항했다.

'안 되는군.'

바커스 역시 마왕, 그보다 약한 이들에게나 통하는 흡수가 통하지 않는 것은 어찌 보면 당연했다.

살짝 미간을 구긴 신혁돈은 양손에 샛노란 에르그 에너지를 피워 올렸고 그와 동시에 배리어의 안으로 쑤셔 넣었다.

그러자 배리어는 물이 꽉 찬 풍선처럼 출렁이며 샛노란 스파크를 튀겨댔다.

'에르그 에너지 싸움으로 가자는 건가.'

이런 식으로 에르그 에너지를 통해 배리어를 치고 있으면 그것을 뚫기 위해선 그에 상응하는 에르그 에너지가 필요하기 마련이다.

그리고 바커스는 신혁돈보다 많은 에르그 에너지를 보유하고 있으니 당연히 자신이 이길 것이라 생각하는 것이다.

"멍청하긴."

이론은 완벽했지만 문제가 하나 있다.

바로 스킬의 효율.

신혁돈의 에르그 에너지를 수치화한다면 에르그 에너지 1당 10 이상의 공격력을 낼 수 있다.

그렇다면 바커스는?

에르그 에너지 1당 10 이상의 방어력을 낼 수 있을까?

절대 불가능하다.

마왕의 위에 오른 이가 스킬을 수련하겠는가.

아니, 스킬에 관심도 없을 것이다.

씩 입꼬리를 올린 신혁돈은 뒤도 돌아보지 않은 채 길드원들에게 말했다.

"날 방해하려고 할 거다. 그걸 막아."

"예."

"네."

말을 마친 신혁돈은 곧바로 강신을 사용했다. 그러고는 네 개의 손으로 잡아야 겨우 잡힐 것 같은 거대한 워해머를 만들어냈다.

그의 말에 대답한 길드원들은 거대한 워해머의 크기에 놀라면서도 신혁돈의 곁을 원형으로 둘러싼 채 주위를 경계하기 시작했다.

샛노란 빛을 발하는 워해머가 완성된 순간.

슈와아아아아악!

콰아아앙!

대기를 찢어발기는 듯한 어마어마한 굉음과 함께 워해머와 배리어가 충돌했다.

배리어는 금방이라도 찢어질 듯 경련했다.

쾅!

쾅!

쾅!

신혁돈은 마치 기계처럼 똑같은 속도와 똑같은 힘으로 배리어를 내리찍었고 그럴 때마다 길드원들은 움찔거리면서도 자리를 지켰다.

사실, 이 짓거리는 굉장히 비효율적인 짓이었다.

이런 식으로 에르그 에너지를 소모하면 바커스를 흡수한다 해도 에르그 에너지 하나 남지 않은 껍데기와 그의 지식만 흡수할 가능성이 높아지기 때문.

하지만 효과는 확실하다.

언제 뚫릴지 모르는 방패 아래 숨어, 아니, 갇혀 문을 열고 들어올 살인마를 기다리는 심정은 과연 어떠할까.

모르긴 몰라도 머리끝까지 공포가 차오르지 않겠는가.

몇 번이나 때렸을까.

콰!

신혁돈이 처음으로 배리어를 후려칠 때만 하더라도 멀쩡하던 돔 전체가 흔들리며 돌조각을 흩뿌리면서 당장에라도 무너질 듯 진동했다.

이곳은 바커스의 공간.

그의 공간이 흔들린다는 것은 신혁돈의 공격을 버텨내는 데 한계가 오고 있다는 뜻과 같았다.

그에 반해 신혁돈에게 남은 에르그 에너지는 반 이상.

"쉽군."

이런 놈들 때문에 인류가 죽고 미래를 잃어야 했단 말인가, 그런 생각이 들 정도로 쉬웠다.

"그러고 보니 호루스의 눈도 네 작품이었지."

콰!

"올마이티도."

콰!

"텐구도 말이야."

콰!

"뭐, 이젠 없지만."

어찌 보면 아이가투스 다음으로 악연이 깊은 마왕이 바커스였다.

신혁돈은 다시 한 번 워해머를 높이 치켜들었고 그의 워해머가 배리어를 강타했을 때.

콰아아앙!

뚝… 뚝…….

천장에서 물이 떨어지기 시작했다.

"물이 샙니다."

긴장을 한 채 주변을 살피고 있던 길드원들이 그것을 놓칠 리 없었다. 고준영이 보고를 하자 모두의 시선이 천장으로 향했고 물이 떨어지는 곳을 발견했다.

그 순간.

쩌적… 쩌저적!

퍼억!

콰과과과과과과!

천장이 무너지며 폭포수와 같은 물줄기가 길드원들의 앞으로 떨어져 내리기 시작했다. 당황한 길드원들이 무얼 할 새도 없이 물은 차올랐고 순식간에 길드원들의 발목까지 다다랐다.

"이거 어떻…….."

덥썩!

"으허억!"

당황한 고준영이 백종화를 바라본 순간, 새카만 무언가가 그의 발목을 휘감았다. 대경실색한 고준영은 빠르게 검을 휘둘러 자신의 발목을 휘감은 것을 잘라냈다.

"크라켄?"

그의 발목을 휘감은 것은 얇은 촉수였다. 고준영이 미간을 찡그리며 중얼거린 순간.

"공격이다!"

어느새 종아리까지 차오른 물속으로 나타난 새카만 그림자들이 길드원들을 향해 스멀스멀 다가오기 시작했다.

한데, 신혁돈은 웃고 있었다. 그것으로도 모자라 그는 얼굴 전체에 미소를 띤 채 한 손으로 배리어를 툭툭 건들며 말했다.

"급한가 보다?"

*   *   *

이곳은 바커스의 '공간'.

원래의 차원과 괴리되어 있는 공간으로써 외부의 충격으로 인하여 물이 들어온다는 것은 어불성설이다.

즉, 물이 들어오는 것과 길드원들을 공격하는 괴물들은 환각이라는 뜻이 된다. 물론 길드원들은 괴물을 '진짜 괴물'이라고 믿기 때문에 공격을 당하면 상처를 입는다.

하지만 신혁돈은 아니다.

그 증거로 괴물들은 가장 먼저 공격해야 할 배리어를 부수고 있는 신혁돈은 건드리지 않고 주변에 있는 길드원들만 공격하고 있었다.

"환각이다."

깊은 동굴에서 울려 나오는 듯한 신혁돈의 목소리가 길드원들의 귓가에 울렸고 길드원들은 미간을 찌푸렸다.

'이게 환각이라고?'

종아리를 적셔오는 물의 감각과 사방에서 뻗어오는 촉수들에 비릿한 냄새까지.

모든 감각이 눈앞에 펼쳐진 것은 환각이 아니라 현실이라 말해주고 있었다.

신혁돈이 헛소리를 할 리가 없다는 것은 모두가 알고 있었으나 눈앞에 펼쳐진 광경을 현실이 아니라 부정하는 일은 아무나 할 수 있는 것이 아니었다.

그것이 수많은 전투를 겪은 패러독스의 길드원들이라 해도.

"그럼 어떻게 합니까!"

쉴 새 없이 언령을 펼치던 백종화가 신혁돈에게 물었고 신혁돈은 자기 일이 아니라는 듯 툭 대답했다.

"뭐, 그렇다고."

"…예?"

"버텨. 금방 끝난다."

말을 마친 순간, 거대한 위해머가 다시 한 번 배리어를 때렸다. 신혁돈의 공격이 거세질수록 천장의 구멍이 커지며 빠르게 물이 차올랐고 그 속에선 크라켄까지 나타나기 시작했다.

"…맙소사."

아무것도 없던 공간에서 갑자기 솟아난 크라켄.

환각이라는 게 피부로 다가왔지만 그렇다고 해서 저 기다랗고 끈적거리는 촉수에 몸을 맡기고 싶다는 생각이 들진 않았다.

콰릉! 콰르르릉!

신혁돈의 위해머가 휘둘러질 때마다 천둥소리가 함께 터져 나왔다. 그리고 배리어는 눈에 보일 정도로 옅어졌다.

샛노란 빛에 가려져 제대로 보이지 않던 차원석의 모습이 선명히 보인 순간, 빛의 거인은 손을 털어 위해머를 없앤 후 네 개의 손에 온 에르그 에너지를 집중했다.

그리고 천막을 찢는 듯 배리어 속으로 손가락을 우겨넣은 뒤 힘을 주었고.

쫘아아아악!

"끝났군."

배리어가 찢어졌다.

그와 동시에 빛의 거인의 손이 차원석에 닿았고 신혁돈은 곧바로 흡수를 사용했다.

스킬이 아닌 본체에 직접 가하는 흡수는 제대로 발동했고 바커스의 차원석 내에서 꿈틀거리는 에르그 에너지가 신혁돈의 몸으로 빨려 들어오기 시작했다.

바커스는 쉽사리 빼앗기지 않겠다는 듯 격렬히 저항했지만 배리어를 유지하고 환각을 사용하느라 소모된 에르그 에너지가 너무 많았다.

주도권을 잡은 신혁돈은 순식간에 반 이상의 에르그 에너지를 흡수했고 그와 동시에 바커스의 에르그 에너지가 폭발할 듯 요동쳤다.

"마지막 발악인가."

바커스의 차원석이 금방이라도 폭발할 듯 샛노랗게 달아올랐지만 그럼에도 신혁돈은 계속해서 에르그 에너지를 흡수했다.

웅웅웅!

번쩍!

빛이 절정에 달했을 때, 바커스의 차원석은 신혁돈조차 고개를 돌리게 만들 정도의 섬광을 뿜었다. 그 순간, 모든 빛을 잃고 바닥으로 추락했다.

쿠우우우웅!

촤아아악!

"음?"

추락한 차원석은 사방으로 물을 튀기며 부서져 내렸고 원래의 모습을 잃기 시작했다.

하지만 빛의 거인은 한 걸음도 물러서지 않은 채 차원석을 바라보고 있었다.

빛을 잃고 부서지고 있었으나 에르그 에너지는 남아 있는 상황.

처음 겪는 상황에 신혁돈은 고개를 돌려 길드원들을 살폈고 그와 동시에 깨달을 수 있었다.

'또 환각인가.'

그의 뒤에 있던 길드원들은 어느새 사라지고 없었다.

대신 세이렌들이 그 자리를 차지하고 있었으며 그들을 공격하던 크라켄들은 전부 길드원의 모습을 한 채 세이렌들과 전투를 벌이고 있었다.

"마지막 발악이군."

세이렌들, 그러니까 길드원들은 적잖게 당황한 듯 서로를 바라보며 어찌할 바를 모르고 허둥거리고 있었다.

그 와중에 크라켄의 공격은 다시 이어졌다. 그들은 신혁돈의 말대로 자신을 공격하는 것들에만 반응하며 공격을 막아내었다.

그들을 보고 있자 신혁돈의 머릿속에서 목소리가 울려 퍼졌다.

'적을 죽여야 해.'

'저들이 내 동료를 죽일 거야.'

'어서!'

그 순간.

신혁돈은 헛웃음을 흘리고 말았다.

"한 번 했던 게 또 통할 거라 생각했나 보군. 멍청한 새끼."

말을 마친 신혁돈은 눈을 감으며 머릿속의 목소리를 부정했다.

'너는 내가 아니야. 꺼져라.'

그가 생각한 순간.

바커스가 떠나는 것이 느껴졌다.

이것도 경험이라고 익숙해지는 것인지 마음의 동요 하나 일지 않았고 신혁돈은 자신의 머릿속을 점거한 바커스를 담담히 몰아낼 수 있었다.

그리고 다시 눈을 떴을 때.

허공에 칼질을 하고 있는 길드원들과 멀쩡한 채로 떠 있는 바커스의 차원석을 볼 수 있었다.

"나와라."

그의 목소리가 공간에 울린 순간, 바커스의 차원석에서 샛노란 에르그 에너지가 피어오르며 동그란 구체의 모양을 갖추었다.

백차나 하이노로가 인간의 모양이었다면 바커스는 3m 정도 되는 거대한 구체의 모양이었다.

샛노란 빛 덕에 태양과도 같이 보이는 바커스는 나타나자마자 신혁돈에게 말했다.

"마왕이여, 나의 소멸을 원하는가."

"왜 나를 마왕이라 부르지?"

동문서답에 바커스, 노란 구체는 제자리에서 찌르르 떨더니 고저 없는 목소리로 답했다.

"백차의 뒤를 이어 마왕의 위를 받은 존재를 마왕이라 부르는 것은 당연한 것. 의문을 품는 이유를 이해할 수 없군. 내 질문에 대답하라. 나의 소멸을 원하는가."

그의 대답에 미간을 구긴 빛의 거인은 대답 대신 손을 뻗었고 그와 동시에 흡수를 사용했다. 그러자 바커스의 몸을 이루고 있던 샛노란 에르그 에너지가 신혁돈의 손으로 빨려 들어오기 시작했다.

그와 동시에 길드원들을 괴롭히고 있던 환각이 해제되었다. 길드원들은 어리둥절한 표정으로 주변을 둘러보다가 신혁돈에게로 시선을 집중시켰다.

바커스의 크기가 50㎝ 정도 줄었을 때 신혁돈은 흡수를 멈추며 말했다.

"지금 네 입장을 모르나 본데, 마왕이란 새끼들은 내 손짓

하나에 소멸 여부가 걸려 있다는 걸 내가 굳이 설명해 줘야 알 정도로 멍청한 존재인가?"

"알고 있다. 나를 꺾은 것으로 마왕을 매도하려 하지 마라. 너 또한 마왕……."

그의 대답에 신혁돈은 다시 흡수를 시작했고 바커스의 모습은 다시 줄어들기 시작했다. 그렇게 또 50㎝가 줄었을 때.

"멍청한 새끼."

"…원하는 게 무엇인가."

"이제야 괜찮은 대답이 나왔네."

약간은 만족스러운 듯 고개를 끄덕인 신혁돈은 다시 한 번 흡수를 사용했고 바커스는 5분도 되지 않아 원래 모습의 반 정도의 크기가 되었다.

"괜찮다면서 힘을 흡수하는 이유는 무엇인가? 나를 복종시키기 위해 공포를 주는 것인가? 그런 것이라면 부질없는 짓이다. 나는 시스템을 초월한 정신체, 마왕의 위에 오른 존재. 원하는 것을 말하는 게 서로 득이 될 것이다."

그의 대답을 들은 빛의 거인은 고개를 모로 꺾었다.

'초월체라…….'

바커스는 감정이라는 게 없는 것처럼 말하고 있었다.

이렇게 되면 신혁돈이 느꼈던, 윤태수가 느꼈던 감정을 그대로 갚아줄 수가 없다. 그냥 소멸시키는 것만으로는 풀리지 않을 화를 풀 수 없게 되는 것이다.

이런 상황을 대비하기 위해 준비한 게 있긴 하지만, 이 정도일 줄이야.

천천히 고개를 끄덕인 신혁돈은 두 개의 손을 뻗어 바커스의 본체와 차원석에서 동시에 에르그 에너지를 흡수하기 시작했다. 그러면서 가이아에게 말했다.

'차원관문 만들어 줄 테니 애들 보내.'

―벌써요?

'무슨 일 있나?'

―아뇨, 좀 더 걸릴 줄 알았거든요.

'잔말 말고. 인형은 준비했나?'

―네. 근데 뭘 원하시는 줄 몰라서 일단 종류별로 준비했어요.

'그래. 지금 열지.'

가이아와의 통신을 마친 신혁돈은 에르그 에너지를 흡수함과 동시에 차원관문을 발동시켰고 곧 보라색 차원관문이 바커스의 공간에 모습을 드러냈다.

그리고 얼마 지나지 않아 양손 가득 인형이 든 봉투를 들고 있는 이서윤과 커다란 곰 인형의 멱살을 쥐고 있는 윤태수가 나타났다.

길드원들은 반가워하는 얼굴로 두 사람에게로 다가가다가

그들의 손에 들린 인형을 보고선 미간을 찌푸렸다.

"인형은 왜 가져오셨습니까?"

"형님이 가져오라고 하시던데?"

그들이 도착하는 사이, 바커스는 반딧불이의 엉덩이만큼 조그매졌고, 말을 할 기력조차 남지 않은 것인지 혹은 말을 하지 않는 것인지 아무런 말이 없었다.

바커스를 힐끗 쳐다본 신혁돈은 강신을 해제하며 윤태수에게 말했다.

"마음에 드는 걸 골라."

"뭘 말입니까?"

"인형."

해괴한 질문에 윤태수는 미간을 찌푸리며 자신의 손에 들린 곰 인형을 바라본 뒤 이서윤을 바라보았다. 그의 시선에 이서윤은 들고 있던 봉투를 탈탈 털었다.

그녀의 손길에 봉제 인형과 관절 인형, 플라스틱 인형들이 바닥을 굴렀다. 그것들을 살피던 윤태수는 짧게 혀를 차며 물었다.

"왜 고르라는 겁니까?"

"선물 준다니까."

말을 마친 신혁돈이 새끼손톱만큼 작아진 바커스를 향해 손을 뻗자 바커스는 아무런 저항도 없이 그의 손바닥 위로 올라왔다.

신혁돈이 인형을 준비하라 한 이유는 간단했다.

백차에게서 얻은 지식인 정신 지배와 하이노로가 호랑이들을 다루던 방식.

두 가지를 합치면 정신체에게 새로운 몸을 부여하는 것이 가능해졌다.

바커스와 신혁돈, 그리고 인형을 번갈아 보던 윤태수는 짧은 한숨을 내쉰 뒤 바닥에 떨어져 있는 마리오네트 인형을 쥐어 들며 말했다.

"이걸로 합시다."

마리오네트 인형은 30㎝ 정도로 뼈만 남은 사람의 형상을 하고 있었는데 새하얀 뼈의 질감이나 색이 소름이 돋을 정도로 잘 표현되어 있는 인형이었다.

특히 얼굴부가 독특했는데, 달걀과 같이 매끈한 표면에 구멍 하나 없는 모습을 하고 있었다.

양팔과 다리, 관절부에는 실이 연결되어 있었지만 실의 끝에 인형을 움직이는 핸들이 달려 있지 않아 더욱 기괴한 느낌이 들었다.

마리오네트를 본 신혁돈은 만족스럽다는 듯 고개를 끄덕였다.

곧 신혁돈이 손짓하자 그의 손 위에 있던 바커스가 마리오네트를 향해 날아갔고, 곧 마리오네트의 달걀 같은 머릿속으로 녹아들 듯 흡수되었다.

마리오네트를 들고 있던 윤태수는 묘한 표정으로 자신의 손에 들린 인형을 내려다보며 물었다.

"이게… 뭡니까?"

"선물이라고 몇 번을 말해."

"이게 무슨 의미가……."

"옆에 두고 괴롭혀야지. 마신을 죽일 때까지."

그의 말을 들은 윤태수의 미간 골이 깊어졌다.

팔을 잃은 것은 지난 일이다.

복수를 원하긴 했지만, 그것은 바커스의 죽음이었지 이런 방식이 아니었다. 무엇보다 이런 식으로 바커스를 괴롭힌다 한들 그가 얻을 수 있는 게 무엇이 있단 말인가.

윤태수의 표정을 본 신혁돈은 그에게 다가서며 물었다.

"별론가?"

"굉장히 별롭니다만."

"흠."

그가 마음에 안 들어할 줄 몰랐다는 듯 팔짱을 낀 신혁돈은 그의 손에 들린 마리오네트를 바라보며 다시 한 번 물었다.

"그만큼 별론가?"

"예."

"그럼 죽여라."

신혁돈은 턱짓을 했고 윤태수는 마리오네트 바커스가 아닌 신혁돈을 바라보다가 고개를 저었다.

"…아닙니다."

여느 때와 다름없는 무표정한 얼굴이었지만 그의 눈에는 뭐랄까, 설명하기 힘든 아쉬움이 서려 있었다.

그 얼굴을 본 윤태수는 차마 마리오네트를 부술 수 없었다.

"왜? 별로라며."

"보다 보니 정이 드는 것 같기도 하고."

"얼마나 봤다고."

"원래 사람 마음만큼 간사한 게 없지 않습니까."

"그래서?"

"원래 먹은 거 다시 뱉으려면 속이 쓰린 법입니다."

윤태수의 대답에도 신혁돈은 전과 같은 얼굴이었지만, 무언가 달라진 것은 눈치챌 수 있었다.

그의 표정을 읽은 윤태수는 이때다 싶어 화제를 돌렸다.

"바커스의 기억은 흡수하신 겁니까?"

"이제 해야지."

"그럼 지구 돌아가서 하지 말입니다."

"그것도 괜찮겠네. 너희는 먼저 돌아가 있어라. 나는 드레이크들을 데려다 놓고 가지."

길드원들은 고개를 끄덕인 뒤 아직 열려 있는 차원관문을 향해 걸어갔다.

그사이 손에 들린 바커스를 바라보고 있던 윤태수는 신혁돈에게 다가가며 말했다.

"이거, 기억 흡수하시고 지구 돌아와서 주시는 건 어떻습니까?"

"왜?"

"제가 제 손에 들어온 물건에 남의 손때 타는 걸 싫어해서 말입니다. 형님이 할 일 끝내시고 주시는 게 좋을 것 같아서 말입니다."

신혁돈은 고개를 모로 꺾었지만 이내 고개를 끄덕이며 바커스를 건네받았다. 그제야 미소를 띤 윤태수는 신혁돈에게 고생하십시오, 하고 말한 뒤 차원관문으로 걸어갔다.

차원관문 앞에 서서 그를 기다리고 있던 이서윤은 윤태수가 다가오자 그의 옆구리를 푹 찌르며 말했다.

"그렇게 무서워요?"

"뭐가 말입니까?"

"센 척하기는."

"누가 무섭답니까? 그냥 아직 적응이 좀 안 돼서 소름이……"

"쫄보."

"형님이 보고 있습니다."

"그래서요?"

한껏 미간을 찌푸린 윤태수는 고개를 휘휘 저으며 차원관문을 넘었고, 이서윤은 신혁돈을 향해 고개를 끄덕인 뒤 차원관문을 넘었다.

제6장

규합

모든 드레이크를 이끌고 백차의 차원으로 돌아온 신혁돈은 쿠엔틴을 바라보며 말했다.

"잘했다."

그의 말에 쿠엔틴은 대답 대신 코끝을 찡그렸고 신혁돈은 헛웃음을 흘렸다. 쿠엔틴을 보고 있자면 묘하게 도시락을 닮았다는 생각이 들곤 했다.

날개가 달려 있다는 것을 제외하면 모든 것이 다른 두 마리의 괴물이 어째서 연관되는지는 모를 노릇이지만 그렇게 느껴졌다.

신혁돈의 시선을 받고 있던 쿠엔틴은 콧김을 세게 뿜은 뒤 그에게 말했다.

―모든 마왕을 없앨 생각인가?

"마신까지 없앨 생각이라 말했던 것 같은데."

―진심이었나.

"내가 너한테 거짓말을 해서 얻는 이득이 무엇이 있지?"

―없다.

"너도 함께할 거다."

쿠엔틴은 번들거리는 눈동자로 신혁돈을 한 번 훑더니 눈을 감아버렸다.

쿠엔틴을 바라보고 있던 신혁돈은 미소를 지은 뒤 백차의 차원으로 향했다.

누구의 방해도 받지 않고 바커스의 힘과 지식을 흡수할 수 있는 장소에 도착한 신혁돈은 적당한 곳에 자리를 잡고 앉았다.

그러고는 마리오네트 인형을 손에 든 뒤 눈을 감고 영혼 포식을 사용했다.

'비슷하군.'

백차와 다른 것이라고는 성장한 방식이나 스킬, 괴물을 다루는 방식 같은 외적인 부분뿐이었고 나머지 것들은 거의 판박이나 다름없었다.

시스템으로 태어나 두각을 보였고 전대 마왕을 계승해 마왕이 되었다.

그 이후로는 시스템들을 다루어 마신에게 에르그 에너지를 보내며 세월을 보냈다. 그러면서 없앤 차원만 스물두 개였고 재배한 종족의 수는 셀 수조차 없이 많았다.

'문제는 경험인가.'

어떤 경험에서 얻어지는 지식과 지혜는 그 경험을 직접 겪어보지 않는 이상 제대로 이해하기 힘들다.

하물며 셀 수 없이 오랜 세월을 살아온 마왕의 경험이란, 단순히 읽고 보는 것만으로 흡수할 수 없는 것이 당연한 것이었다.

스킬 또한 그렇다.

시스템과 마왕들이 기본으로 가지고 있는 정신 지배를 익히고 있긴 했지만 곧바로 괴물에게 사용할 정도로 익숙하지 않기에 사용할 수 없었다.

정신 지배뿐이 아닌, 백차의 저주 또한 그렇다.

시간이 많았다면 마왕과 시스템들의 모든 스킬을 하나하나 분석해 자신의 것으로 만들었겠지만 그럴 여유는 없다.

모든 기억을 살핀 뒤 눈을 뜬 신혁돈은 짧은 한숨을 내쉬었다.

"어렵군."

익숙한 게 최고라는 점에서 스킬은 무기와 같다.

한평생 검을 써온 각성자가 더 좋은 창이나 도끼가 나왔다고 검을 버리는 일은 없듯, 신혁돈 또한 그런 것이다.

홀로 고개를 끄덕인 신혁돈은 스킬창을 띄워보았다.

얼마 만에 사용하는 인터페이스인지.

일반 각성자들은 꿈에도 상상 못 할 정도로 많은 스킬들이 신혁돈의 스킬창을 가득 메우고 있었다.

스킬을 쭉쭉 훑어보던 신혁돈은 맨 마지막에 생성된 스킬들을 정독했고 개중 이해가 되지 않는 스킬을 소리 내어 읽었다.

"능력 계승. 나의 능력 중 하나를 다른 이에게 넘겨줄 수 있다… 무슨?"

마왕의 기본 스킬 중 하나로써 말 그대로 자신의 능력을 타인에게 넘겨줄 수 있는 스킬이었다.

문제는 이걸 어디다 쓴단 말인가.

그 순간.

신혁돈이 헛웃음을 흘렸다.

"이거 괜찮은데?"

김민희에게 세뿔가시벌레의 힘을 준다면?

백종화에게 정신 지배를 준다면?

윤태수에게 어글리 베어의 힘을 준다면?

지금 신혁돈이 사용하는 스킬은 대부분이 수르트의 불꽃이다.

여전히 괴물을 포식하고 스킬을 흡수하고 있긴 했지만 수르트의 불꽃에 비해 효율이 떨어졌기에 굳이 다른 스킬을 사용할 필요가 없었다.

신혁돈이 사용하지 않는 다른 스킬들을 나누어줄 수만 있다면, 물론 외관상으로는 좋지 않겠지만 길드원들은 지금보다 훨씬 강해질 수 있을 것이다.

신혁돈이 다리를 꼬고 앉은 채 길드원들에게 어울리는 스킬을 하나둘씩 생각하던 때.

[계약자여.]

그의 머릿속에 목소리가 울려 퍼졌다. 낮고 무거우면서도 활활 타고 있는 목소리.

"수르트."

머릿속으로 말 거는 놈들이 왜 이렇게 많은지, 살짝 미간을 구긴 신혁돈이 대답하자 수르트가 그에게 말했다.

[일단 사과하겠다. 그리고 그 대가로 나의 힘을 건네주겠다.]

"…뭐?"

무슨 상황인지도 모르는 와중에 수르트의 힘이 신혁돈의 몸으로 흘러들어 왔다.

신혁돈이 그의 힘을 받으면서도 꺼림칙한 기분을 느끼고 있던 때, 어지간한 시련 급의 에르그 에너지를 내어준 수르트가 말을 이었다.

[계약자의 몸에서 마왕의 힘이 느껴졌고, 나도 모르게 계약자의 정신을 훔쳐보고 말았다. 하지만 계약자의 정신은 강력했고 나는 아무것도 볼 수 없었다. 하지만 그대가 한 혼잣말은 들을 수 있었다.]

"내 정신을 훔쳐봤다고?"

[정확히는 보려다 실패했다. 지배자의 힘에 이끌린 나는 계약자가 그의 힘에 현혹당했다 생각했고 그것을 막기 위해 움직인 것이었다.]

곧바로 대답하려던 신혁돈의 입이 굳었다.

'가만… 수르트 또한 어느 차원의 존재. 한데 마왕을 알고 있다?'

그렇다는 것은.

"너 또한 마왕과 싸우고 있는 것이었나?"

신혁돈은 수르트의 힘을 빌려오는 것만으로도 두 명의 마왕을 격살할 정도의 힘을 얻었다. 한데 수르트의 본체를 얻어 자신의 편으로 만들 수 있다면?

에이선트 드레이크를 넘어서는 강력한 전력을 얻을 수 있게 되는 것이다.

[그렇지만 아니다. 그대의 지식을 빌리자면, 나는 정신체다. 그리고 마왕과 싸우고 있는 이들은 나와 불의 자식인 엘드요툰이다.]

그의 첫마디에 미간을 구겼던 신혁돈은 말이 끝날 때쯤 미소를 머금었다.

수르트가 가진 힘이라면 마왕 정도야 쉽게 무찌를 수 있을 것이다. 하지만 그는 어떤 이유에선지 자신의 차원에 개입을 하지 못하고 있는 상황.

이유는 중요하지 않았다.

신혁돈이 개입할 여지가 생겼다는 것이 중요한 것이다.

"엘드요툰이 마왕과 싸우고 있다라… 수르트. 만약 내가 너, 그리고 엘드요툰을 도와 네 차원에서 마왕을 없애준다면. 마신을 없애는 데 도움을 주겠나?"

그의 물음에 수르트는 침묵으로 대답했다. 신혁돈은 차분히 그의 대답을 기다렸고 이내 수르트는 보인 적 없던 떨리는 목소리로 답했다.

[…다시 말해줄 수 있나?]

"나는 차원을 넘을 힘도, 그리고 너의 차원을 구할 힘도 가지고 있다."

[나, 모든 엘드요툰의 아버지이자 무스펠스헤임의 수르트의 이름을 걸고 약속하겠다. 엘드요툰을 구해다오.]

그 순간.

[히든 퀘스트가 발동되었습니다.]
['희망의 끝, 무스펠스헤임'을 수락하시겠습니까?]

신혁돈의 눈앞으로 메시지가 떠올랐고 신혁돈은 고민도 하지 않고 대답했다.

"그러지. 그전에, 물어볼 게 두 가지가 있다."

[무엇이든.]

"하나, 너와 엘드요툰의 힘이라면 시스템에게 밀릴 수가 없을 텐데 어떻게 된 거지?"

[시스템이 아니라 마왕의 공격이 있었다. 벨라툼. 엘드요툰을 공격하고 있는 마왕의 이름이지. 나는 그와 일기토를 했고, 패배했다. 그 전투로 나는 육체를 잃었고 나의 차원에서 추방당했다.]

그의 대답에 신혁돈의 미간이 찌푸려졌다.

수르트가 패배했다니? 그것도 일기토에서 패배라니.

"벨라툼은 네가 육체를 빼앗길 정도로 강력한 존재인가?"

[나를 제외한 그 누구보다 강력하다.]

"한데 왜 패배했지?"

[그는 충분히 강하고 영리했다. 나의 불꽃은 그에게 통하지

않았고 불꽃을 사용할 수 없게 된 나는 두 손이 묶인 것이나 마찬가지였지. 그래서 패배했다.]

불꽃을 사용할 수 없다 한들 수르트는 수르트다.

한데 패배했다니.

신혁돈은 묘한 호승심이 이는 것을 느끼며 물었다.

"두 번째 질문이다. 혼잣말을 들었다 했는데, 그 말을 한 이유가 뭐지?"

[아, 그것을 말하려 했다. 계약자여, '계승'을 통해 그대의 우군에게 내 힘을 나누어줄 수 있을 것이다.]

"…뭐?"

[그대의 우군에게 나의 힘을 계승하면 그들 또한 나의 힘을 사용할 수 있을 것이다.]

"그게 가능하다고? 계승은 나의 스킬을 '건네는 것'이다. 복사가 아니야."

[그렇다. 물론 계약자가 지닌 나의 힘은 사라질 것이다. 하지만 계약자는 다시 나와 계약할 수 있는 수단이 있지 않은가?]

그의 말을 들은 순간, 신혁돈의 머릿속에서 부싯돌이 튀긴 듯 무언가 번쩍였다.

"그런 방법이 있군."

[그렇게 하겠는가.]

"하지 않을 이유가 없다."

[이렇게라도 도움이 될 수 있다는 것이 기쁘다. 그리고 계약자에게 감사한다.]

그의 말을 듣고 고개를 끄덕이던 신혁돈은 '곧 다시 연락하겠다'는 말을 남긴 뒤 수르트와의 대화를 끝냈고 그와 동시에 지구로 돌아가는 차원문을 열었다.

*　　　　　*　　　　　*

흔들의자에 앉아 한 손으로 턱을 받친 채 호수를 바라보고 있던 가이아의 앞으로 보라색 차원관문이 나타났고 곧 신혁돈이 등장했다.

"오셨어요."

"길드원들은?"

"위층에서 쉬고 있죠."

그녀의 말에 고개를 끄덕인 신혁돈은 그녀의 앞으로 다가가 가이아와 눈을 맞추었고 가이아는 손을 휘저어 옆자리에 소파 하나를 만들어주었다.

그러자 자연스럽게 소파에 앉은 신혁돈은 그녀가 보고 있던 호수에 시선을 던지며 말했다.

"수르트를 알고 있나?"

"예."

그녀는 대답과 동시에 신혁돈을 바라보았고 그는 오른손에 수르트의 불꽃을 일으키며 물었다.

"아이템을 얻은 것만으로 타 차원의 존재인 수르트의 힘을 가져다 쓸 수 있다. 이건 네가 수르트와 직접 계약을 한 건가?"

"아뇨. 그건 규율이에요."

어떻게 설명해야 할지 감이 잘 안 잡히는지 신혁돈을 바라보던 가이아는 호수 쪽으로 시선을 던졌다.

"엄연히 말하자면 인류가 지닌 스킬과 아이템은 제가 만든 게 아니에요. 저는 저의 권능으로 권한을 부여한 거고 나머지는 인류의 상상력과 역사, 그리고 타 차원의 존재들이 어우러진 결과죠."

그녀의 대답에 콧잔등을 긁적인 신혁돈이 물었다.

"정리하자면 아이템이나 스킬, 그리고 퀘스트 같은 것은 네가 관여하는 게 아닌, 독자적인 시스템이 있다. 이런 것인가?"

"그렇죠. 물론 제가 관여할 수도 있긴 하지만요."

그녀의 대답에 신혁돈의 시선이 가이아에게로 향했고 그의 시선을 느낀 가이아는 미소를 띤 채 오른손을 들어 보였다.

그러자 호수를 가득 채우고 있던 물이 그녀의 손을 타고 올라오며 휘감았고 샛노란 빛이 번쩍인 순간.

그녀의 손에는 기다란 검 한 자루가 들려 있었다.

"이런 것 정도."

그녀는 신혁돈에게 검을 건넸고 검을 받아 든 신혁돈은 옵션을 확인해 보았다.

가이아의 검 [Unique]

―공격력 60

―가이아의 가호가 서린 검입니다.

'가이아의 가호'

―괴물을 상대할 때 추가 대미지 30%가 적용됩니다.

―괴물을 상대할 때 모든 스킬에 추가 대미지 30%가 적용됩니다.

메시지를 모두 읽은 신혁돈의 눈이 불신으로 가득 찼다.

유니크 등급의 검치고 공격력은 높은 편이 아니었다. 오히려 다른 무기에 비한다면 낮은 정도.

하지만 가이아의 가호라는 아이템 스킬이 거의 에픽 급의 효율을 보여주고 있었다.

추가 대미지 30%라니.

메이지든, 밀리 계열이든 상관없이 저 검을 들고 스킬을 사용하는 것만으로 30%의 추가 피해를 줄 수 있다는 뜻이다.

"미쳤군."

"막 만들 수 있는 건 아니에요. 그건 선물."

놀란 표정의 신혁돈은 검날을 한번 바라본 뒤 다시 그녀를 바라보며 물었다.

"뭐, 그게 중요한 게 아니니까 넘어가지."

"예."

"벨라툼이라고 알고 있나."

"마왕의 이름이죠. 다음 목표는 벨라툼인가요?"

"맞아."

그의 대답에 가이아는 천천히 고개를 저었다.

"벨라툼은… 지금 건드릴 상대가 아니에요."

"왜지?"

신혁돈의 물음에 가이아는 입술을 씹은 뒤 입을 열었다.

"벨라툼, 그는 가장 오래된 마왕이에요."

그녀는 생각을 정리하려는 듯 시선을 호수로 던졌고 신혁돈은 차분히 그녀의 뒷말을 기다렸다.

단순히 오래 살았다는 이유 하나만으로 벨라툼을 공격해선 안 된다 말할 가이아가 아니었다.

"그리고 당신과 같죠."

"나와 같다?"

"예. 일반적인 마왕들처럼 시스템에서 올라온 마왕이 아닌,

당신처럼 하나의 종족이었어요. 하지만 그는 시스템을 뛰어넘어 마왕을 공격할 정도로 강력했고… 마왕의 자리를 차지했죠."

그녀의 말뜻을 이해한 신혁돈은 고개를 한 번 끄덕이고선 물었다.

"정신체인가?"

"아뇨, 그것 또한 당신과 같아요. 그는 진짜 육체를 가진 유일한 마왕이에요. 게다가… 그의 능력은 정신체가 아닌 존재들에겐 사형선고나 다름없는 능력이죠."

"뭔데?"

"'봉인'. 제 시스템에 빗대어 설명하자면 대상의 스킬이나 스탯 하나를 사용하지 못하게 해버려요."

그녀의 말을 들은 신혁돈의 미간이 형편없이 구겨졌다.

"자세히 말해봐."

"그의 봉인은 대상이 강력해질수록 구속력이 강해져요. 당신에게 사용한다면… 강신 스킬 혹은 포식 스킬을 봉인해 버리겠죠."

둘 다 신혁돈의 근간이나 다름없는 스킬이었다.

그것 두 개 중 하나라도 봉인을 당한다면?

정신체가 아닌, 육체 하나만으로 마왕의 위에 오른 벨라툼과의 싸움은 불 보듯 뻔해진다.

"막을 방법은?"

그의 물음에 가이아가 어깨를 으쓱였다. 방법을 알았다면 진즉에 알려주지 않았겠냐… 하는 눈빛을 보낸 가이아는 호수로 향해 있던 몸을 신혁돈 쪽으로 틀어 앉으며 입을 열었다.

"굳이 지금 벨라툼을 상대할 필요는 없어요. 벨라툼은… 당신이 상대해 온 그 어떤 상대보다 강력할 거예요. 게다가 요즘 정신체들만 상대하셨잖아요. 갑자기 그런 상대를 만나면 패배할지도 몰라요."

패배는 곧 죽음이고, 끝이다.

가이아의 희망이나 다름없는 신혁돈이 죽는 순간 그녀는 가장 높은 패를 잃게 되며, 마왕들에게 이리저리 뜯어먹히다 소멸을 맞이할 것이다.

신혁돈 또한 알고 있다.

패러독스를 이끄는 자신이 없어진다면, 마왕을 막아낼 수 있는 존재는 없어지고 마신은 다시 재배를 시작할 것이다.

하지만.

가이아와 눈을 맞춘 신혁돈은 천천히 고개를 저었다.

물러설 생각은 없다.

"물러선다 한들 어차피 넘어야 할 상대야."

신혁돈의 눈 속에 깃든 확고함을 읽은 가이아는 그를 설득하는 것을 포기했다.

저 눈을 하고 있을 때의 신혁돈은 절대 자신의 말을 바꾸지 않는 것은 물론이거니와 자신이 한 말을 이루어내고야 만다.

고개를 돌린 뒤 짧은 한숨을 토한 가이아는 신혁돈의 손등에 자신의 손을 얹으며 말했다.

"그럼 시간을 주세요."

"무엇을 위한?"

"벨라툼을 막기 위한 수가 있어요. 그의 눈과 귀를 막을 수 있는… 그런 수가."

신혁돈은 자세히 설명해 보라는 듯 자세를 고쳐 앉았고 가이아는 자신의 귓불을 문지른 뒤 말을 이었다.

"바이러스를 아시나요?"

"병균?"

"예. 숙주의 몸에 침투해 양분을 빼앗고 병들어 죽게 만드는 그 바이러스요."

"네가 바이러스를 만들고 있다… 이런 건가?"

"비슷해요."

말을 마친 가이아는 의자에서 일어서더니 호수를 향해 걸어갔고 그와 동시에 호수가 그녀를 향해 팔을 뻗었다.

중력을 무시한 물줄기가 가이아의 손에 닿았고 물줄기가

다시 호수로 돌아갔을 때, 그녀의 손 위에는 새카만 에르그 에너지 결정 하나가 놓여 있었다.

"그게 바이러스인가?"

"예. 하지만 아직 완성되지 않았어요."

"얼마나 더 걸리지?"

"길게는 한 달."

그녀의 대답을 들은 신혁돈이 고개를 휘휘 저었다.

이미 두 명의 마왕을 처단한 상황, 바이러스가 완성되는 동안 다른 마왕들이 손가락만 빨며 기다리길 바랄 순 없다.

그들이 신혁돈을 파악하고 대처하기 전에 최대한 많은 수를 줄여놔야 한다.

게다가 언제 마신이 움직일지 모르는 상황.

"너무 오래 걸려."

"짧게는 2주일이면 돼요."

가이아는 신혁돈과 눈을 맞추었고 신혁돈은 고개를 저었다.

"바이러스로 벨라툼을 죽였다 치지. 그럼 그다음은? 벨라툼을 죽인다 해도 여섯 마왕이 남아 있다."

"그렇죠."

"그들 모두의 능력과 파훼법을 알고 있나? 아니면 그들 모두를 감당할 수 있을 정도의 바이러스를 만들어낼 수 있나?"

"…없어요."

"외려 경각심만 높이는 꼴이 될 거다."

맞는 말이다.

하지만.

"너무 위험해요. 당신도 알잖아요. 당신에게, 그리고 저에게 다음이란 없어요. 지금의 아슬아슬한 줄타기가 실패하는 순간 모두 죽어요. 그리고 당신에게 희망을 걸고 있는 모든 이들 또한 당신과 함께 추락하겠죠."

"질 생각 없다."

"당신 생각대로 흘러갈 수만 있다면 얼마나 좋을까요."

"그렇게 해왔고 그렇게 될 거다."

확고한 대답에 가이아는 짧은 한숨을 쉬었고 신혁돈은 미소를 지었다. 그의 자신만만한 미소를 본 가이아의 짧은 한숨은 조금 더 길어졌다.

결국 가이아는 바이러스를 다시 호수로 집어넣었다.

그녀의 모습을 보며 미소를 짓고 있던 신혁돈은 갑자기 무언가 생각난 듯 벌떡 일어나 호수로 다가서며 말했다.

"저거."

"예?"

"바이러스. 벨라툼용으로 개발한 건가?"

"벨라툼 하나라기보다는… 당신이 넘어설 수 없는 마왕 중 하나에게 사용하려 했죠."

신혁돈은 흠, 하는 소리와 함께 팔짱을 꼈고 가이아의 얼굴
에는 의문이 떠올랐다.

"왜요?"

"그리드에게 사용할 수 있을까."

"…예?"

"이목을 가리는 용도라 했지."

"예."

"그리드의 이목을 가리고 다른 마왕들을 칠 수만 있다면."

"…엄청난 성과를 올릴 수 있겠죠."

"가능한가?"

그의 물음에 가이아의 시선이 호수로 던져졌고 곧 고개를
끄덕였다.

"오랜 시간을 끌진 못할 거예요. 효과도 한정적이겠죠."

"가능하다는 거군."

"시간은 비슷하게 걸릴 거예요. 한 달 정도."

그리드가 직접 나서는 타이밍.

그리드는 마왕들이 그를 감당할 수 없다 생각이 들 때쯤
나설 것이고 신혁돈은 그것을 한 달 내외로 보고 있었다.

"충분해."

가이아는 묘한 표정을 하고선 신혁돈을 바라보았다.

"즉흥적으로 생각하신 건가요?"

"그럼?"

"…아녜요."

신혁돈을 되살리려 마음을 먹었을 때, 그리고 그를 되살렸을 때.

가이아는 적잖은 불안을 가슴 속에 품고 있었다.

과연 그가 자신의 희망이 되어줄 수 있을까.

마신을 물리치고 현실이라는 지옥에 구원의 빛을 내려줄 수 있을까.

불안은 기우였고 기우는 점점 희망으로 변해갔다.

전혀 계산되지 않은 행동이 하나하나 쌓일 때마다 희망이라는 탑의 주춧돌이 되었고, 가이아가 탑의 주춧돌을 보고 있을 때 신혁돈은 탑 전체를 그리고 있었다.

이것 또한 누군가의 뜻일까.

문득 그런 생각이 들었다.

가이아가 지구에 오고, 신혁돈이 나타나고, 그를 되살리고, 그리드의 숨통을 조여 나가는 이 모든 것 또한 누군가의 뜻이 아닐까.

가이아는 고개를 휘휘 저었다.

그렇다 한들 알 수 없고, 아니라 해도 변하는 것은 없었다.

그저 살아남기 위해, 조금 더 나은 삶을 살기 위해 노력하는 것밖에는.

                    *   *   *

"···계승?"

"우리가 수르트의 힘을 쓸 수 있단 말입니까? 형님이 사용하는 불의 거인. 그거?"

"맙소사. 그거 에르그 에너지 엄청 먹잖아요. 아니, 그보다 그게 가능해요?"

수르트의 힘을 계승해 준다는 말을 들은 길드원들은 전부가 눈을 반짝이며 그의 말을 의심했다.

실상 의심이라기보다는 기뻐서 내지르는 비명에 가깝긴 했지만, 어쨌거나 시끄러운 것은 마찬가지.

"닥쳐봐."

신혁돈의 한마디에 거실에 모여 있던 길드원들은 전부 꿀먹은 벙어리들처럼 행복한 표정으로 입을 다물었다.

먹이를 눈앞에 둔 아기 새 같은 표정을 하고 있는 시커먼 아저씨들의 얼굴을 본 신혁돈은 헛웃음을 흘리며 머리를 쓸어 올렸다.

"받기 싫은 사람 있나?"

"없죠."

"있겠습니까."

"그럼 태수부터 와봐."

수르트의 힘을 얻은 뒤 어마어마한 속도로 강해진 신혁돈을 본 이들이었기에 그의 힘을 준다는 것에 거부감을 갖는 이는 없었다.

하지만……

'처음은 좀 그런데.'

미지에 대한 두려움은 있을 수밖에.

신혁돈의 맞은편 소파에 앉아 있던 윤태수가 어물쩡거리며 자리에서 일어서자 신혁돈은 귀찮다는 듯 미간을 구기며 그에게 손을 뻗었다.

그러자 윤태수가 손을 마주 뻗었고 그 순간.

"계승."

그의 손에서 에르그 에너지가 흘러나와 윤태수의 몸으로 흘러들어 갔다. 뭔가 화려한 광경을 기대하고 있던 이들은 잠깐 실망한 표정이 되었지만 이내 윤태수에게 시선을 집중했다.

찰나의 시간이 지나고 계승이 끝났을 때.

윤태수는 멍한 얼굴로 자신의 몸을 훑어보았다.

"된 겁니까?"

"써 봐."

말을 마친 신혁돈은 헛된 우상을 통해 수르트의 불꽃을 재소환하기 시작했고 윤태수는 미심쩍은 얼굴로 손바닥을 펼쳤다.

"뭘 어떻게 해야 하는 거지? 그냥 불이라고… 으어억!"

그가 '불'이라 말한 순간.

그의 손바닥이 타오르기 시작했다. 그냥 불꽃도 아닌 전류가 파직거리는 불꽃.

당황한 윤태수는 불을 털어내기 위해 손을 휘휘 저었지만 불꽃은 꺼지기는커녕 그의 팔을 타고 올라가 그의 온몸으로 번졌다.

"으어! 으어어어… 어?"

당연히 뜨거울 것이라 생각했던 불꽃은 전혀 뜨겁지 않았다. 외려 한겨울 전기장판이 틀어져 있는 두꺼운 이불 속으로 들어간 듯한 포근함이 느껴졌다.

"…오."

윤태수가 에르그 에너지를 조절해 온몸을 휘감고 있는 수르트의 불꽃을 움직이기 시작했고 그가 적응을 마칠 때쯤 신혁돈 또한 새로운 수르트의 불꽃을 소환한 상태였다.

"다음은 제가 하겠습니다."

이후 고준영이 나섰고 곧이어 모든 길드원들이 신혁돈에게 수르트의 불꽃을 계승받을 수 있었다.

모든 계승이 끝났을 때.

이서윤의 집, 거실에는 불과 벼락을 온몸에 휘감고 있는 아홉 명의 사람이 서 있었다.

"맙소사."

그들은 수르트의 불꽃이 익숙해지기 시작하는지 이리저리 움직이며 자신의 무기를 만들어보거나 불꽃을 자유자재로 움직여 보았다.

펑!

콰직!

화르르륵!

"…내 그럴 줄 알았다."

물론 그렇지 않은 이도 있었다.

아엘로의 창과 함께 불꽃을 다루던 김민희의 실수로 소파 하나가 박살 나 불에 타기 시작했고 윤태수가 짧게 혀를 차며 말했다.

"그럴 수도 있죠. 괜찮아. 괜찮아."

집주인인 이서윤이 그녀를 위로하자 김민희는 죄송하다 말한 뒤 수르트의 불꽃을 해제하고 지하실로 내려갔다.

"우리도 지하실로 내려가서 연습하죠."

"그럽시다."

새로운 장난감이 생긴 어린아이들 같은 눈을 한 이들은 우르르 뭉쳐 지하실로 내려갔다.

마지막까지 남은 윤태수가 신혁돈을 바라보며 물었다.

"시간, 얼마나 있습니까?"

그 또한 지금은 시간과의 싸움을 해야 할 때라는 것을 알고 있는 것이다. 신혁돈은 살짝 지친 표정으로 '사흘'이라 말했고 윤태수는 고개를 끄덕였다.

"어디 가십니까?"

"정리할 게 있다."

시련도 전부 흡수해야 하고 벨라툼과의 전쟁을 위해 지금까지 인연을 쌓아온 모든 괴물들을 데리고 와야 한다.

"그럼 사흘 뒤에 오시는 겁니까."

"얼추."

"지금 가십니까?"

"왜?"

"식사나 하고 가시지 말입니다."

신혁돈은 윤태수의 뒤에 걸려 있는 시계를 보았고 천천히 고개를 끄덕였다.

아홉 명에게 계승을 해준 피로감이 가시고 움직이는 것도 나쁘진 않을 것 같았기 때문이었다.

*   *   *

"후."

사막에 들어서는 순간, 그의 칭호 '사막의 주인'이 발동되며 몸이 가벼워지는 것이 느껴졌다.

'벨라툼과의 전투는 사막에서 치러야겠군.'

그의 차원에 사막이 있을지는 모르겠지만, 그렇게만 된다면 이점을 가지고 싸울 수 있게 된다.

짧은 상념을 지운 신혁돈은 오랜만에 세뿔가시벌레 몬스터 폼을 발동시켰고 곧 그의 몸이 새카만 껍질로 뒤덮였다.

머리 위로는 세 개의 뿔이 자라났으며 새빨간 눈이 다닥다 닥 삐져나왔다. 그 아래로는 무엇이든 부술 듯한 강인한 턱이 삐죽 튀어나왔고, 가시가 돋아난 검은 갑옷과 같은 껍질이 빛을 발했다.

매번 강신을 사용하며 싸우다 오랜만에 사용해 본 세뿔가 시벌레 몬스터 폼은 갑갑했다.

'어떻게 싸웠는지 모르겠군.'

사지와 날개를 이리저리 움직이며 몸에 익숙해진 신혁돈은 곧바로 날아올랐고 그와 동시에 에르그 에너지를 퍼뜨려 주 변을 탐사하기 시작했다.

'이름이… 단카였나.'

붉은 사막악어 부족의 수장이자 신혁돈에게 직접 무구를

하사받은 사막악어.

그들은 신혁돈을 왕 그 이상의 존재로 여겼으니 그에게 무구를 하사받은 단카가 왕 노릇을 하고 있을 가능성이 높았다.

문제는 시간.

차원마다 시간이 흐르는 속도가 다르기에 이곳에서 얼마나 긴 시간이 지났을지 가늠할 수 없었다.

심지어 이곳은 사막.

하루하루 변화무쌍한 모습을 가진 사막을 가지고 세월의 흐름을 유추할 순 없는 노릇이었다.

'일단 찾자.'

한 마리의 사막악어라도 찾아낼 수 있다면 그 뒤로는 대화로 풀면 된다.

마음을 정한 신혁돈은 빠르게 날아올라 사막을 뒤지기 시작했고 곧 뭉쳐 있는 에르그 에너지가 느껴졌다.

'크다.'

신혁돈의 입장에선 큰 것이 아니지만, 몇 개월 전 보았던 사막악어들보다 훨씬 큰 에르그 에너지 덩어리가 뭉쳐 있었다.

'이 정도면 세뿔가시벌레… 그 이상이다.'

신혁돈의 얼굴에 의문이 떠올랐다.

세뿔가시벌레의 여왕을 죽이고 유충까지 모두 죽이지 않았던가. 한데 살아남아 사막악어를 몰아내고 다시 사막의 패자가 되었단 말인가.

신혁돈은 조금 더 정신을 집중해 보았고 그의 표정은 조금 더 해괴해졌다.

'이게 무슨……'

에르그 에너지의 정체를 파악한 신혁돈은 해괴한 표정 그대로 근원지를 향해 빠르게 날기 시작했다.

인간의 갈비뼈와 비슷하게 생긴 만곡형의 뼈가 모래를 뚫고 솟아나 있었다. 인간의 것과 다른 점이라면 뼈 하나의 크기가 5m가 넘는다는 것 정도.

뼈의 정체는 고대 사막악어의 유골이었다. 세뿔가시벌레 여왕과 결전을 펼쳤던 계곡은 전에 보았던 그대로 유지되고 있어 세월이 얼마 지나지 않았음을 유추할 수 있었다.

'…아닌가?'

협곡의 모양이 조금 변한 것 같기도 했지만 그게 중요한 게 아니었다. 전에 세뿔가시벌레 여왕이 무거운 궁둥이를 내리고 앉아 알을 낳고 있던 그곳에.

신혁돈이 있었다.

정확히는 세뿔가시벌레 몬스터 폼을 하고 있는 신혁돈의 동상이 10m가 넘는 크기로 조각되어 있었다.

"미쳤군."

무슨 짓을 한 것인지 그의 동상은 그와 똑같이 붉은 눈을 빛내고 있었으며 검은 껍질에서는 광택이 흐르고 있었다.

이런 거대한 동상을 만들기 위해서는 몇 달 가지고는 모자라다. 적어도 몇 년의 세월이 흘렀을 것이었다.

넋을 놓은 채 협곡의 중앙에 서서 자신의 동상을 구경하던 신혁돈은 그의 주변으로 하나둘씩 나타나는 에르그 에너지를 느끼고선 고개를 돌렸다.

"이곳은 신성한 왕의 터. 그 어떤 이가 성역을 더럽히는가."

마치 원래부터 그곳에 있었다는 듯, 협곡에 솟아난 돌 위로 여러 마리의 사막악어들이 나타났다.

그들은 전에 보지 못했던 금속 무기와 갑옷을 입고 있었으며 군기 또한 바짝 들어 있었다. 게다가 식량 또한 풍부한지 피부에 윤기까지 돌고 있었고 눈은 또렷했다.

무엇보다… 강해졌다.

느껴지는 에르그 에너지만 하더라도 어지간한 10등급 괴물 정도의 힘을 품고 있었으며 덩치 또한 3~4m에 이를 정도로 거대해졌다.

알 수 없는 뿌듯함을 느낀 신혁돈은 말없이 그들을 바라보았고 곧 그들의 피부색 또한 확인할 수 있었다.

"붉은 사막악어."

"이놈! 어서 나오지 못할까!"

사막악어들은 자신들이 성역이라 이름 붙인 곳에 발을 들이지 못하는 것인지 협곡 사이사이에 선 채 흉흉한 기세만 질러댈 뿐 들어오지 못했다.

그때.

신혁돈에게 고래고래 소리를 지르던 사막악어의 뒤에 있던 사막악어가 사색이 된 얼굴로 말했다.

"…맙소사. 백부장님."

"뭐."

"저… 저……"

사막악어 백부장은 인상을 찌푸리며 뒤로 돌았고 곧 그의 시선이 동상에 닿아 있음을 볼 수 있었다.

"칸 시카다나의 동상이 뭐?"

백부장은 알 수 없다는 듯 기다란 혀를 한 번 차고선 다시 신혁돈에게 고개를 돌렸다.

그러고는 입을 벌렸다.

"…어?"

"설마……"

그들의 반응이 재밌는지 끌끌거리고 웃은 신혁돈은 백부장이라 불린 녀석을 보며 물었다.

"단카. 그가 아직 살아 있나?"

그의 말이 기폭제가 되었을까.

모든 사막악어들의 눈이 찢어질 듯 커졌고 그와 동시에 단번에 무릎을 꿇었다. 얼마나 당황했는지 좁은 자리에 억지로 무릎을 꿇으려다가 협곡 아래로 굴러떨어지는 놈이 나올 정도.

머리가 빈 대신 몸은 튼튼한지 곧바로 일어나서 협곡을 기어오르긴 했지만 흘러나오는 헛웃음까지 막을 순 없었다.

"불충을 용서하십시오! 하지만! 한 번만 묻겠습니다! 칸이시여! 당신은 칸 사카다나가 맞습니까!"

백부장은 고개도 들지 않은 채 그에게 물었고 신혁돈은 여유롭게 대답했다.

"나를 위한 왕국은 완성되었나?"

"…칸이시여!"

사막악어들은 자신들의 신을 영접하기라도 한 듯 계속해서 칸을 부르짖으며 끝도 없이 절을 해댔다.

인사를 받던 신혁돈의 미간이 구겨질 무렵. 그가 참지 못하고 말했다.

"단카는 아직 살아 있나?"

그의 물음과 동시에 부르짖음이 멈추었다.

"…예."

"그래? 다행이군."

약간 늦은 대답이 껄끄럽긴 했지만 뭐 어떤가. 살아 있다는
데.

"칸의 보살핌 덕입니다."

사이비 교주가 이런 맛에 교주를 하는 게 아닐까, 하는 생
각이 들 정도로 전지전능해진 기분이 들었다.

고개를 휘휘 저은 신혁돈은 백부장이 있는 절벽을 향해 날
아가며 말했다.

"그에게 안내하라."

21세기를 살아온 신혁돈에게 복층 건물은 놀라울 것이 없
다.

하지만 그것을 지은 존재가 몇 달 전에 자신에게 충성을 맹
세한 괴물들이라면, 충분히 놀랄 만하다.

그것도 벽돌과 진흙을 이용해 지은 복층의 집인 데다가 굴
뚝까지 있었다. 길에는 도로가 깔려 있었으며 길가로 배수로
까지 파여 있는 것을 본 신혁돈은 미간을 구겼다.

'도대체 어떻게?'

신혁돈이 그들에게 준 것은 '용기' 단 하나뿐이다.

한데 이렇게 성장할 수 있나?

그리고 그 의문은 얼마 지나지 않아 풀렸다.

"단카?"

"단카, 칸을 뵙습니다. 일어나지 못함을 용서해 주십시오."

화려하지는 않지만 웅장하고 장엄하다는 말이 어울리는 건물 안, 기사라 불러도 될 것 같은 사막악어들의 사이에 단카가 있었다.

"단카가 맞나?"

"예."

피처럼 붉었던 피부는 새하얗게 일어나 버석거리고 있었고 묘안석처럼 반짝거리던 눈은 초점을 잃은 것으로 모자라 물컹거리는 무언가로 변해 있었다.

날카롭기 그지없던 주둥이의 끝은 이리저리 갈라져 곪아 있었고 턱을 드는 것조차 힘겨운지 턱 끝이 바들바들 떨리는 채로 누워 있었다.

"살아 있는 것인가."

"예."

그런 몰골에도 그의 목소리엔 힘이 가득 들어가 그가 처음 보았을 때와 별다를 것이 없었다.

"어쩌다 이렇게 된 거지."

단카는 잘 움직이지도 않는 기다란 주둥이를 들썩거렸다. 숨이 새는 소리를 보아 웃고 있는 것인가.

"그놈은 누구보다 강했습니다. 세뿔가시벌레보다도, 고대 사막악어들보다도 강했습니다. 어쩌면 칸보다도 강할 수 있을 것이라 생각했거늘… 그건 아니었나 봅니다."

단카는 다시 한 번 숨 빠지는 소리와 함께 웃었고 신혁돈은 그의 말을 이해할 수 있었다. 시간을 말하는 것이었다.

"내가 떠난 후, 얼마나 오랜 세월이 지났지?"

"제 자식이 자식을 낳고 또 자식이 자식을 낳고… 그렇게 스물일곱 번 동안 족장이 바뀌었습니다."

사막악어의 수명은 모르지만, 얼추 50년이라 보았을 때 1,300년 이상이 지난 것이다. 얼추 셈을 해본 신혁돈의 미간이 찌푸려졌다.

그제야 단카의 모습이 이해가 된 것이다.

"넌 어떻게 살아 있는 거지?"

"칸께서 말씀하지 않으셨습니까?"

질문에 질문으로 대답하는, 신혁돈이 가장 싫어하는 화법.

하지만 신혁돈은 그의 질문에 대답할 수밖에 없었다.

"너희가 나를 위해 일구어놓은 왕국이 완성되었을 때, 다시 돌아오겠다… 말했지. 나를 기다린 것인가."

다시 한 번 바람 빠지는 소리. 단카는 길게 웃더니 말했다.

"그렇습니다. 모든 사막을 정벌하고 사막 밖의 땅까지 모두 사막악어의 땅으로 만들었습니다. 어떤 이와는 전쟁을, 어떤 이와는 타협을 하며 나아간 우리는 칸의 뜻을 이어받아 모두를 발아래 두었습니다. 칸께 어울리는 왕국을 만들기 위해, 하지만 칸은 돌아오지 않으셨습니다. 그래서 전 생각했습니다. '아직 모자라구나'. 그렇게 또 노력하고 노력하다 보니, 어느 순간 늙지 않더군요."

신혁돈은 대답하지 않았다.

이들은 괴물 이전에 살아 있으며 생각을 할 줄 아는 생물이다.

자신의 한마디를 믿고 가늠할 수조차 없을 긴 세월 동안 왕국을 발전시킨 단카.

그의 얼굴을 보고 있자니 알 수 없는 감정이 가슴 가득 차올랐다.

"전 그것이 칸의 가호라 생각했습니다. 그분께서 나를 지켜보고 있구나… 더 노력해야겠구나 하고 말입니다. 가끔은 의문이 들었습니다만, 이겨냈습니다. 그리고… 그 보상을 지금 받고 있습니다."

말을 마친 단카는 숨이 가쁜지 쌕쌕거리는 숨소리를 내며 숨을 골랐고 신혁돈은 나지막이 말했다.

"잘했다."

"…감사합니다."

"잘했다. 단카."

그가 해줄 수 있는 것은 말뿐이었다.

"아닙니다. 돌아와 주셔서 감사합니다."

단카는 말없이 눈을 껌뻑였고 그사이로 눈물이 흘러 수조에 떨어졌다. 그것을 보고 있던 신혁돈은 단카에게 손을 내밀어 에르그 에너지를 불어 넣었다.

어떠한 생각을 한 것도, 의미가 있는 것도 아닌 본능적인 행동이었다.

그의 손에서 흘러나온 에르그 에너지가 단카의 몸으로 흘러들어 간 순간 단카의 몸이 경련하기 시작했다.

그를 살리겠다든가 하는 마음은 없었다.

그저 그렇게 해야만 할 것 같았고, 신혁돈은 했다.

그의 순수한 에르그 에너지는 단카의 몸을 휘저었고 그때마다 버석거리는 피부가 이리저리 갈라지며 새차게 피를 내뿜었다.

그의 주변에 있던 사막악어들은 입을 떡 벌린 채 그 광경을 바라보다가 금세 바닥에 고개를 처박고서는 '칸 사카다나'를 연호하기 시작했다.

신혁돈으로써는 상상도 할 수 없는 긴 기간.

그 긴 시간 동안 신혁돈이 한 말 한마디를 기억하고 되새기며 나라를 만들고 부흥시킨 것이다.

단 한 사람을 위하여.

단카를 감싸고 있던 샛노란 빛이 점점 더 강해질수록 크기 또한 커졌고 그것이 절정에 달했을 때, 빛의 크기는 4m가 넘어가고 있었다.

그리고 환한 빛이 건물 전체를 휩쓴 순간.

언제 그랬냐는 듯 빛이 사라졌고 그 아래, 단카가 나타났다.

＊　　　　＊　　　　＊

단카.

칸에게 인정받은 유일한 사막악어이자 그에게 받은 배틀 액스를 수족처럼 다루는 존재.

그의 이름 두 글자는 칸과 함께 모든 사막악어들의 우상이 되었고 그는 그것을 이용할 정도로 영리했다.

그는 칸의 이름으로 규합된 사막악어들을 돌려보내지 않고 왕국을 세웠으며 칸의 이름에 누가 되지 않도록 사막의 주인이 되기 위해 노력했다.

그의 노력은 빛을 발했고 곧 그의 주인에게 사막 전부를 바칠 수 있게 되었다.

하지만 주인은 돌아오지 않았다.

'내가 모자란 탓이다.'

단카는 끝없이 노력했다.

그가 낳은 자식이 늙어 죽고 자식이 낳은 자식이 늙어 죽
는 것을 눈에 새기며, 자신에게 내려진 사명을 다하기 위해서
노력했다.

그리고 그 노력이 드디어 빛을 발했다.

샛노란 빛이 사라진 순간.

"단카."

신혁돈이 그의 이름을 불렀고 단카는 천천히 자리에서 일
어섰다.

방금까지 늙고 초라했던 늙은 악어의 모습은 없었다. 그 어
떤 사막악어보다 굳건하고, 떡 벌어진 어깨와 윤기가 넘치는
피부, 꿈틀거리는 잔근육과 대지를 딛고 있는 우람한 다리까
지.

"칸이시여."

피처럼 붉은 피부의 단카는 신혁돈의 앞에 무릎을 꿇었고
그와 동시에 머리를 조아리고 있던 사막악어들 또한 몸을 세
워 무릎을 꿇었다.

"감사합니다."

의도한 것은 아니었다. 이렇게 해야 할 것 같아 했을 뿐이
다.

단카를, 사막악어들에게 나라를 만들라 한 것도 그것 때문

이었다.

그리고 단카의 얼굴을 본 순간, 떠올랐다.

'이들은 나의 힘이다.'

마왕을, 나아가 마신을 무찌를 나의 힘.

"단카."

"예."

"무찔러야 할 적이 있다."

"예."

"아주 강하지."

"예."

"하지만 싸워야 한다."

"예."

"따르겠느냐."

"예."

같은 대답이었으나 높낮이가 달랐고 마지막에 이르러서는 거의 고함에 가까운 대답이었다. 신혁돈은 만족한 듯 고개를 끄덕였고 그제야 단카가 일어섰다.

그러고는 그에게 다시 한 번 고개를 숙인 뒤 자신이 누워 있던 수조를 힘껏 내려쳐 박살 냈다.

한 번의 주먹질로 수조가 박살 나고 바닥을 이루고 있는 석판까지 깨어졌는데도 단카는 멈추지 않고서 몇 번을 더 휘둘렀다.

그리고 단카가 들어갈 정도로 깊게 구멍을 팠을 때 그 안에서 무언가를 꺼내 들었다.

태양의 빛을 받아 반짝이는 모래의 색을 한 배틀 액스가 단카의 손에 들렸고 그를 바라보고 있던 사막악어들은 다시 한 번 환호를 질렀다.

"크와아아아아아!"

그들의 환호에 건물 전체가 들썩였다.

*   *   *

"오랜만이오. 친구여."

단카에게 병력을 소집하라 이른 신혁돈은 곧바로 하늘거북과 로스카란토의 차원으로 향했고 헤이톤을 만날 수 있었다.

"오랜만입니다."

사막악어의 차원은 1,300년의 세월이 흘러 있었다. '이곳은 어떨까?' 하는 생각을 해보았지만 이들에게 시간은 그다지 의미 없는 것 같았다.

하늘거북이나 로스카란토의 자식들이나 흘러가는 대로 살아갈 뿐 시간에 의의를 두지 않는다는 걸 헤이톤을 보자마자 깨달은 것이다.

거대한 갈색 개미의 모습과 머리 위에 돋은 더듬이가 인상적인 괴물, 헤이톤과 인사를 나눈 신혁돈은 그의 더듬이의 옆으로 향했다.

헤이톤은 두 팔을 벌리며 포옹을 제안했다.

"정말… 반가워."

헤이톤은 오랜 친우를 만나듯 허울 없는 모습으로 그를 환영했고 신혁돈은 고향에 돌아온 듯한 묘한 기분을 느끼며 고개를 끄덕였다.

"그간 많이 강해졌군."

"예."

첫 만남 당시, 헤이톤의 힘에 짓눌려 기도 펴지 못했던 신혁돈은 이제 없었다.

이제는 헤이톤이 얼마나 많은 에르그 에너지를 가졌는지, 그의 힘이 얼마나 되는지가 한눈에 보였다.

그랬기에 더욱 탐이 났다.

'쿠엔틴과 비슷하다.'

에르그 에너지 보유량만 보자면 에이션트 드레이크인 쿠엔틴과 비슷했다.

로스카란토 남매들은 대부분이 비슷한 힘을 가지고 있으니 이들을 데려갈 수 있다면 여섯 마리의 쿠엔틴이 생기는 것이나 다름없었다.

"아무런 이유 없이 찾아오진 않았을 테고··· 필히 이유가 있 겠지만 지금은 반가움이 더 앞서는군."

헤이톤은 꾸밈없는 반가움을 계속해서 표했고 신혁돈은 그 에게 미소로 화답하며 대화를 나누었다.

그리고 얼마 지나지 않아 로스카란토의 자식들 전부가 모 였다.

첫째 헤이톤. 갈색 개미.

둘째 리콤. 검은 거미.

셋째 곤도네. 검은 지네.

넷째 직카. 초록 사마귀.

다섯째 케레즈. 하얀 나비

막내 오드메. 갈색 자이언트 웜.

총 여섯 마리의 로스카란토의 자식들은 전보다 거대해진 몸으로 신혁돈에게 격한 인사를 보냈고 개중 곤도네는 신혁돈 을 자신의 머리 위에 올리기 위해 용을 썼다.

결국 곤도네의 머리 위로 올라간 신혁돈은 그의 본체와 악 수하며 포옹을 나누었다.

"각자의 몸을 되찾았습니까?"

"찾았다고 하기보다는 다시 만들었지. 하하."

하피와의 결전 당시, 직카와 케레즈는 몸을 잃고 본체만 살 아남아 곤도네의 몸에 기생하고 있었는데 지금은 전보다 더욱 거대한 몸을 지니고 있었다.

로스카란토의 자식들과 신혁돈은 옹기종기 모여 앉은 채 이야기를 나누었고 이야기는 거의 하루에 달할 정도로 길게 이어졌다.

모든 이야기를 가장 열심히 호응하며 들은 곤도네는 신혁돈의 이야기가 끝나기 무섭게 소리쳤다.

"당연히 도와야지!"

마왕이 보낸 하피에게 당한 적이 있는 만큼 마왕에 대한 적개심이 아직까지 남아 있는 이들이었기에 당연한 반응이었다.

하지만 결정권을 가진 헤이톤은 팔짱을 낀 채 흐음, 하는 소리를 흘리고 있었다.

"왜 그러십니까?"

"아, 자네를 도와야 한다는 생각에는 이견이 없네. 하지만… 걸리는 게 있어서 말이지."

신혁돈은 그가 생각을 마칠 때까지 기다렸고 다른 이들 또한 그를 바라보며 결정을 기다렸다. 헤이톤은 자신에게 시선이 몰리는 것이 부담스러운지 허허 웃더니 말을 꺼냈다.

"우리 로스카란토의 자식들과 하늘거북들은 목숨을 바쳐서라도 자네를 도울 것이네. 그것은 당연한 것이니 그리 어렵게 부탁하지 않아도 된다네."

허락은 허락이었지만 반의 허락이었다. 신혁돈은 대답을 하지 않은 채 그의 뒷말을 기다렸다.

"혹시 말일세, 우리를 공격한 하피를 보낸 마왕이 누군지 알 수 있겠나?"

신혁돈은 곧바로 고개를 끄덕였다.

그가 바라는 것은 보답이나 대가 따위가 아니었다.

오직 복수.

그의 눈에 피어오르는 감정을 읽은 신혁돈은 미소를 지으며 말했다.

"멀지 않은 시일 내에 알아낼 수 있을 것이고, 그를 소멸시키는 데 선봉에 설 수 있게 해드리겠습니다."

"역시 말이 잘 통하는 친구야."

헤이톤은 만족스러운 듯 껄껄 웃고서는 고개를 끄덕였다.

"나는 찬성이네."

헤이톤의 말에 질세라 곤도네가 자신도 찬성한다 소리쳤고 나머지 남매들 또한 찬성한다 말했다.

"감사합니다."

"감사할 건 우리들이지. 우리의 목숨을 구해준 것으로도 모자라 복수할 수 있게 칼까지 쥐어준다는데 말이야."

그들은 기분 좋게 웃었고 신혁돈은 그들과 조금 더 대화를 나눈 뒤 곧 돌아오겠다 말하고는 로스카란토의 차원을 떠났다.

"후."

차원관문을 열고 닫는 일은 꽤 많은 심력과 에르그 에너지를 소모하는 일이었다. 차원의 좌표를 계산하고 에르그 에너지를 주입하고…….

짧은 한숨을 토한 신혁돈은 뒷덜미를 한 번 주무른 뒤 걸음을 옮겼다.

그가 도착한 곳은 바커스의 첫 번째 시련.

수확의 시간이 온 것이다.

총 열한 개의 시련을 모두 돌아 어마어마한 양의 에르그 에너지를 축적한 신혁돈은 몸에서 넘쳐흐르려는 에르그 에너지를 느끼며 만족한 표정을 지었다.

뭐라고 표현해야 할까.

산해진미를 딱 배가 부르기 직전 정도로 먹은 뒤 곧바로 소파에 누워 가장 좋아하는 티비 프로그램을 시청하는 기분이랄까.

조금은 나른한 기분에 신혁돈은 고개를 휘휘 젓고서 방금 소멸당한 시스템의 차원석에 엉덩이를 걸쳤다.

"벨라툼."

신혁돈과 같이 본연의 힘만으로 마왕의 위에 오른 존재.

그리고 마왕 중 가장 오랜 세월을 살아온 존재.

강할 것이라는 생각은 들었으나 이기지 못할 것이라는 생각은 들지 않았다.

하나의 기술에 에르그 에너지를 담을 수 있는 양은 한계가 존재한다.

물론 시간만 충분하다면야 얼마든 담을 수 있지만, 애니메이선도 아니고 생사투를 벌이는 와중에 상대가 필살기를 쓸 수 있도록 배려를 해줄 순 없지 않겠는가.

그런고로 일정 이상의 에르그 에너지는 의미가 없었다.

신혁돈은 그 경지에 도달했다.

물론 유지력에서는 차이가 있겠지만 신혁돈은 유지력 싸움으로 갈 생각이 없었다. 언제 어디서 변수가 발생할지 모르는 지금은 살얼음판 위에서 싸우고 있는 것과 같았다.

"빠르게 끝내야지."

하늘거북과 로스카란토와 강해진 사막악어. 놈과 드레이크, 거기에 엘드요툰까지.

그의 군대가 완성된다면 어지간한 마왕은 그를 막을 수 없을 것이었다. 그렇게 모든 마왕을 차근차근 정리해 낼 수 있다면?

마신도 문제가 되지 않는다.

"기다려 주냐가 관건이지."

마왕들은 자신의 힘을 과신하길 넘어서 맹신한다. 자신이 당할 리 없다 생각하니 협공을 할 필요를 느끼지 못하고, 목전에 칼이 들어와야 다급히 방어를 시작한다.

하긴 천적이 없으니 그럴 수밖에.

짧게 혀를 찬 신혁돈은 손을 쫙 폈다가 다시 주먹을 쥐었다.

"이제 일곱."

여섯의 마왕과 그리드. 이들만 정리한다면…….

그 순간.

신혁돈의 사고가 정지했다.

"뭐하지?"

다 죽이고 나면.

싸움밖에 할 줄 모르는 나는 무엇을 해야 할까.

잠깐 고민하던 신혁돈은 헛웃음을 흘렸다.

언제부터 미래를 계획했다고… 일단은 눈앞에 당면한 적들의 목을 자르고 심장을 뽑아 씹어 삼키는 게 먼저다.

그렇게 살아남고 나서, 그 뒤에 생각해도 늦지 않는다.

*　　　　*　　　　*

콰릉! 꽈르릉!

화르르륵!

윤태수의 몸에서 흘러나오던 불꽃과 번개는 검의 형상을 만들었지만 이내 밸런스를 유지하지 못했고 서로가 서로를 잡아먹으며 공멸하고 말았다.

또다시 실패한 윤태수는 긴 한숨을 내쉰 뒤 강신을 해제했다.

"이거 엄청 어려운 거였네."

흰 면 티가 흠뻑 젖은 윤태수는 그대로 바닥에 드러누웠다. 그의 옆에 놓인 의자에 앉아 똑같은 시체 꼴을 하고 있던 김민희가 그의 말을 거들었다.

"맞아. 보스가 팔 네 개로 무기 세 개를 다뤘지?"

"가끔은 네 개."

"난 하나도 힘든데⋯⋯."

아엘로의 창을 다루는 것과는 차원 자체가 달랐다.

불꽃과 번개가 조화를 이룰 때 나타나는 파괴력은 지금까지 보아왔던 그 어떤 것보다 강력했으나 문제는 밸런스를 맞추지 못할 때였다.

"차라리 무기를 쓰는 게 낫지."

강신을 얻으면 무기의 제약에서 벗어날 것이라 생각했던 것은 큰 오산이었다.

외려 무기를 만들어서 쓰려니 계속해서 에르그 에너지가 필요하고 또 무기의 형태까지 신경을 써야 하니 전투의 효율이 떨어지는 현상이 발생했다.

게다가 밸런스가 무너질 때마다 어마어마한 에르그 에너지가 소모되니 이건 계륵이나 다름없었다.

그래서 일찍이 포기한 사람도 있었으니, 고준영은 일찍이 무기에 불꽃과 번개를 나누어 두르며 파괴력을 강화하고 있었다.

구석에서 대련을 하고 있는 한연수와 고준영을 바라본 윤태수는 짧게 혀를 찬 뒤에 말했다.

"저것들도 괴물이야. 온통 괴물 천지구먼."

그렇게 윤태수가 눈을 감았을 때, 그의 머리 위로 보라색 차원문이 생겨났다.

에르그 에너지의 유동을 느낀 윤태수가 눈을 뜬 순간.

"꺽!"

커다란 발이 그의 얼굴을 밟았고 차원관문을 통과한 신혁돈은 물컹한 것이 느껴지는 바닥을 한 번 바라본 뒤 말했다.

"너 거기서 뭐하냐."

창졸지간에 얼굴을 밟힌 윤태수는 코를 부여쥔 채 꺽꺽거렸고 훈련을 위해 후끈 달아올랐던 가이아의 공간에 웃음이 피어올랐다.

"단카라니… 그리운 이름이 된 느낌이네요. 거기다 1,300년이 넘는 세월 동안 아저씨를 기다렸다니 엄청 지고지순해요."

"그러게. 저 양반이 뭐가 좋다고."

윤태수가 신혁돈에게 곁눈질을 했고 그 눈길을 읽은 가이아가 의아하다는 표정으로 말했다.

"태수 씨도 혁돈 씨가 좋아서 함께하는 거 아닌가요? 저는 그 단카라는 사막악어의 심정이 십분 이해되는데요."

갑작스러운 말에 윤태수는 극구 부인하며 손을 휘휘 저었지만 그의 말에 힘이 담겨 있진 않았다.

덕에 실소를 흘린 길드원들은 다시 신혁돈을 바라보았고 그가 말을 이었다.

"어쨌거나 하늘거북과 로스카란토의 자식들, 그리고 사막악어와 드레이크, 놈은 우리를 도울 거다. 거기에 엘드요툰도 합세할 테니 전력 면에서는 우세를 넘어 압승이라 볼 수 있지."

그의 말에 가이아 홀로 고개를 끄덕였다.

다른 이들은 마왕들의 전력이 얼마나 되는지 감도 잡지 못하는 듯 눈 뜬 봉사처럼 멍하니 있을 뿐이었다.

"벨라툼에 대해 알려진 거라곤 자신의 힘으로 마왕의 위에 올랐다는 것, 그리고 여왕 인세트가 반역을 했다는 것 정도가 있다."

인세트… 인세트… 하고 이름을 되짚던 윤태수는 아, 하는 소리와 함께 말했다.

"그 반역을 하려다 쫓겨나서 고대 사막악어한테 빌붙던 풍뎅이 여왕 말입니까?"

"정확히는 세뿔가시벌레 여왕이지만, 얼추 맞다."

그의 말에 다들 기억이 되살아나는지 고개를 끄덕였다. 윤태수가 다시 물어왔다.

"그럼 사막악어의 차원으로 가서 인세트의……."

"아니, 안 가."

"그럼 그냥 전면전으로 가시는 겁니까?"

그의 질문에 신혁돈이 고개를 끄덕이며 말을 이었다.

"로스카란토의 자식들이나 모든 하늘거북의 어미는 쿠엔틴에 버금가는 힘을 가지고 있어. 게다가 강신을 사용할 수 있는 너희 또한 그들에 버금가지. 전면전에서 밀릴 이유가 전혀 없다. 딱 하나 변수가 있다면 벨라툼. 그리고 그의 휘하에 있는 패턴 몬스터들이겠지."

마왕의 좌에 오르기까지 그의 힘만으로 올랐을 리는 만무, 필히 그를 보필하는 이들이 있을 것이다.

그들과 벨라툼, 그리고 패러독스 중 더 강한 쪽이 결국 전투의 승리를 가져갈 수 있을 것이다.

"언제나 그랬지만 우리의 역할이 중요하겠네."

"우리가 언제 뭐 한 적 있나?"

"그럼, 다 했지. 우리가 아랫것들 다 정리해 두면 형님은 보스만 골라 먹고. 그렇지 않습니까?"

윤태수의 능글맞은 물음을 그대로 무시한 신혁돈은 가이아를 바라보며 물었다.

"전에 아이템을 제작하던 능력."

"예."

"내가 에르그 에너지를 공급하면 무한정 만들어낼 수 있는 건가?"

"그렇긴 하지만, 당신의 에르그 에너지로는 한계가 있어요. 아이템 자체가 정제된 에르그 에너지를 집약시키는 거라……."

그녀의 말을 듣고 있던 신혁돈이 그녀의 말을 끊었다.

"아니, 유니크 등급 이상의 아이템을 제공하겠다. 그럼 그것을 녹여 괴물들을 무장시킬 수 있겠나?"

그의 물음에 가이아의 눈에 의문이 떠올랐다.

"괴물들을 무장시킨다고요?"

"제대로 들었군."

"…뭐하려요?"

괴물들 중 무기를 들고 싸우는 이들이 있긴 하지만 그들의 힘은 무기가 아닌, 육체에서 나오는 파괴력이다.

물론 무기가 좋으면 더 큰 힘을 내긴 하겠지만 들어가는 자원 대비 효율은 극악이다. 그럴 바에 차라리 길드원들에게 더 좋은 무기를 제공하는 편이 낫다.

"더 많은 수를 살려야 하니까."

그의 말을 들은 가이아는 고개를 끄덕이긴 했지만 이해가 된다는 표정은 아니었다.

마왕의 군대는 죽어도 된다.

다시 뽑으면 되니까.

하지만 신혁돈의 괴물들은 아니다.

그들은 죽으면 끝이고 다시 성장할 때까지 기다려 줄 여유가 있을 리 없다. 그렇기에 신혁돈은 극악의 효율을 통해서, 조금의 가능성이라도 높이려는 것이었다.

"의외네요. 소모품으로 사용하실 줄 알았는데."

"소모품 맞다."

그의 짤막한 대답에 살풋 미소를 지은 가이아는 아까보다 크게 고개를 끄덕인 뒤 말했다.

"아이템만 있다면야 뭐, 얼마든지 가능하죠."

그녀의 대답을 들은 신혁돈은 길드원들을 바라보며 말했다.

"정산 안 받은 지 얼마나 됐지?"

그의 물음에 길드원들은 서로를 바라보며 물었다.

"…세 달? 네 달?"

"그러게. 싸우느라 정신이 없어서 정산도 까먹고 있었네. 악

덕 사장이었어."

그간 전투에서 나온 부산물 중 가격이 꽤 나가는 부산물들은 전부 윤태수의 아공간에 보관했고 지구에 돌아올 때마다 회사를 불러 처리하곤 했다.

한데 정산이나 아이템을 판매할 여력이 없어지고 쌓인 돈도 많다 보니 정산에 신경을 쓰지 않게 된 것이었다.

모두의 시선이 윤태수에게로 향하자 그는 머쓱한 표정을 지으며 뒤통수를 긁적였다.

"정산 금액은 착착 쌓이고 있으니 걱정 안 하셔도 됩니다만… 형님은 그걸 왜 물어보시는 겁니까?"

"그거 정산하기 전에는 길드 자금이잖아."

"…그렇긴 합니다만."

"공금 좀 쓰자."

그의 말에 윤태수의 눈이 동그래졌다.

"설마 그 돈으로 아이템 매입해서 괴물들을 무장시키겠다는……."

"그 소리다."

윤태수는 입을 쩍 벌렸고 길드원들 또한 마찬가지.

이미 벌어둔 돈이 천문학적이고, 또 있는지도 몰랐던 돈이었지만 막상 엄청난 금액의 소유권이 넘어가자 억울한 기분이든 것이었다.

"그건 좀……."

"싫어?"

신혁돈은 길드원들 전체를 둘러보며 물었고 길드원들은 그의 시선을 피했다.

여기 있는 이들 중 신혁돈 없이 이 자리에 올라 그만한 돈을 벌 수 있는 사람은 없었다. 물론 자신이 노력해 번 것이긴 했지만 그것을 요구할 정도로 담이 큰 사람도 없었고.

길드원들이 반발이 없자 신혁돈은 윤태수에게 턱짓을 하며 말했다.

"사 와."

"…유니크 등급 아이템 말입니까?"

"아이기스에 연락해서 최저가부터 돈 되는 대로 전부."

"…오."

화이트 홀 발생 이후 유니크 아이템이 많이 풀리긴 했다지만 그래도 유니크 아이템은 어지간한 집 한 채 가격을 상회한다.

아깝지만 어쩔 수 없다 생각하고 있던 김민희는 문득, 생각이 들었다.

"근데 번 그간 정산 안 받은 돈이 얼마나 되기에 유니크 아이템을 싹 다 쓸어올 것처럼 말해요?"

대략적이나마 액수를 알고 있는 유일한 사람인 윤태수는

대답 대신 입술을 씹었다.

만약 액수를 말했다간 여기 있는 이들 전부가 이성을 잃고 신혁돈… 아니, 이성을 잃는다 해도 신혁돈의 멱살은 안 쥐겠지. 윤태수의 목을 쥐고 흔들지도 모르는 노릇이었다.

윤태수가 대답하지 않자 궁금해진 김민희가 재차 물었고 그는 고개를 저었다.

"얼마 안 돼."

"그러니까 그 얼마가 얼만데요?"

김민희는 집요하게 물었고 윤태수는 계속해서 대답을 회피했다.

점점 다른 길드원들의 눈에도 의문이 서려갈 때쯤, 신혁돈이 말했다.

"됐고, 집중해."

그의 말에 윤태수는 살았다는 듯 깊은 한숨을 쉬었고, 김민희는 눈을 흘겼다.

"가이아, 무기 완성까지 얼마나 걸리지?"

"다녀오시기 전까지는 해두죠."

"그래. 그리고 길드원들의 무기도 부탁한다."

방금까지 실망한 표정을 하고 있던 길드원들의 눈이 반짝였다.

모든 괴물에게 추가 대미지를 주는 가이아의 무기 제작 능력을 알고 있기 때문이었고, 그런 무기만 얻을 수 있다면 정산 금액 따위야 괴물에게 들어가든 아니든 알 바 아니었다.

별을 박은 듯 총총 빛나는 길드원들의 눈을 본 윤태수는 헛웃음을 흘렸다.

'누가 각성자들 아니랄까 봐……'

가이아는 천장을 바라보며 셈을 해보더니 알았다 대답했고 신혁돈이 말을 이었다.

"출발은 내일 아침. 장기전이 될 가능성이 높으니 각자 물품 잘 챙기고."

이것저것 필요한 것들을 말한 신혁돈은 윤태수를 바라보았다.

"바커스는?"

"방에 있습니다."

"가지고 다녀."

"…예?"

"언제 어떻게 쓸 일이 있을지 모른다."

힘을 잃은 마왕이 봉인된 인형, 이름만 보자면 굉장한 물건 같지만 실상 아무런 능력이 없는 그냥 인형에 불과했다.

윤태수가 고개를 끄덕였지만 신혁돈의 시선은 여전히 그에게 고정되어 있었다. 그의 시선을 따라 자신의 몸을 살핀 윤태수는 그의 시선이 자신의 오른팔을 보고 있다는 것을 깨달왔다.

"멀쩡합니다."

겉으로 봐서는 진짜 팔처럼 보이는 데다가 움직이는 것 또한 어색함이 전혀 느껴지지 않았다.

윤태수는 신혁돈에게 보여주기 위해 손가락을 이리저리 흔들었고 그 모습을 본 신혁돈은 고개를 끄덕였다.

"그래. 그럼 해산."

그의 말에 길드원들은 각자 훈련을 계속 하거나 물건을 챙기기 위해 자리를 떴고 신혁돈은 가이아를 바라보았다.

"하실 말씀이 남으셨나요?"

"만약에 말이다."

"예."

"내가 없는 사이, 마왕군이 지구를 침공하면 네가 막을 수 있나?"

"…어느 정도는 가능할 거예요. 지구의 각성자들도 질이 낮은 편은 아니니까요. 하지만 당신을 부르기 위한 시간을 버는 용도가 다겠죠."

"미리 감지할 수 있나?"

"작정하고 숨긴 채 넘어오면 저로썬 힘들어요. 물론 마왕들의 성격상, 선전포고를 하면 했지 몰래 넘어오진 않을 테지만요."

그것 또한 그렇다.

고개를 끄덕인 신혁돈은 자신의 머리를 톡톡 두들기며 '무슨 일이 생기면 곧바로'라는 말을 남긴 뒤 차원관문을 열고 사라졌다.

가이아는 다른 차원으로 넘어간 그에게 정신망을 통해 대답했다.

─예.

*　　　　*　　　　*

차원관문을 넘어 전 백차의 차원, 그러니까 드레이크의 차원으로 넘어온 신혁돈은 쿠엔틴과 마주했다.

"내일, 전쟁이 시작될 거다."

─…그런데?

"너에 버금가는 괴물들이 수도 없이 많이 참전할 거다."

─그래서?

"그 괴물들을 이곳에 집결시켜 둘 생각이다."

─그것은 주인의 뜻 아닌가? 어째서 나에게 말하는 것인가.

"알고 있으라고. 괜히 분란이 생기면 번잡하니까."

그의 말을 들은 쿠엔틴의 거대한 대가리가 살짝 들렸다가 다시 앞발의 위로 안착했다. 쿠엔틴은 대답 대신 세로로 길게 찢어진 눈동자로 신혁돈을 바라보았다.

"뭐 어쩌라는 건가 이런 눈빛인데."

─정확하다.

신혁돈은 어깨를 으쓱인 뒤 차원관문을 열고 다른 차원으로 떠났고 홀로 남은 쿠엔틴은 천천히 몸을 일으켰다.

'싸우라는 것인가.'

그들과 겨루어 누가 우위에 설지를 정하라는 것인지, 혹은 그의 말 그대로 싸우지 말라는 것인가.

쿠엔틴은 널찍한 혓바닥으로 이를 한 번 훑은 뒤 다시 고개를 내려놓았다.

그들이 도착한 뒤, 그들을 보고 판단해도 늦지 않을 것이었다. 쿠엔틴은 천천히 눈을 감고 무념의 세계로 빠져들었다.

그리고 얼마나 지났을까.

주인의 에르그 에너지가 느껴지며 보라색의 거대한 차원관문이 생겨났다.

'오는 것인가.'

쿠엔틴의 눈이 뜨였고 그의 눈동자가 차원관문에 고정된 순간.

그의 발톱보다 조금 큰 파충류들이 멍청한 얼굴을 하고 차원관문을 넘어오기 시작했다. 한 번 시선을 던진 것만으로 그들의 에르그 에너지와 능력을 파악한 쿠엔틴은 미간을 찌푸렸다.

'강자라더니.'

한입거리도 되지 않을 조그만 파충류들은 쉴 새 없이 넘어
왔다.

그들은 잘 훈련된 병사들처럼 넘어옴과 동시에 지형을 파
악한 뒤 자신들이 전부 들어갈 만한 위치를 선점하기 시작했
다.

자신의 할 일을 마친 사막악어들은 천천히 주변을 살폈다.
그러다 바위산이라 생각했던 갈색 덩어리에 꼬리와 날개, 그
리고 얼굴이 붙어 있는 것을 보고는 기겁을 하며 웅성거리기
시작했다.

삽시간에 동물원 원숭이 꼴이 된 쿠엔틴은 귀찮다는 듯 눈
을 감아버렸지만 웅성거림은 줄어들기는커녕 점점 커졌다.

그렇게 이만에 달하는 사막악어가 넘어오고 나서야 차원관
문이 닫혔다.

'많군.'

하나하나는 나약하기 그지없었지만 2만이라는 수가 모이자
기세만은 쿠엔틴과 버금갈 정도로 대단했다.

'군대라 이것인가.'

슬쩍 눈을 떴던 쿠엔틴이 다시 눈을 감은 순간, 닫혔던 차
원관문이 다시 한 번 열렸다.

그 순간.

차원관문 사이로 흘러나오는 에르그 에너지를 느낀 쿠엔틴의 날개가 하늘 전체를 가리기라도 할 듯 활짝 펴졌고, 그의 입 사이로 거대한 이빨들이 모습을 드러내기 시작했다.

『괴물 포식자』 12권에서 계속…

GAME BALL

게임볼 설경구 장편 소설
FUSION FANTASTIC STORY

무명의 야구인이었던 남자,
우진이 펼치는 야구 감독으로서의 화려한 일대기!

『게임볼』

"이 멤버로 우승을 시키라고?"

가상 야구 게임,
게임볼을 통해 인생 역전을 꿈꾸는

한 남자의 뜨거운 행보에 주목하라!

Book Publishing CHUNGEORAM

유쾌한이 아닌 자유추구
WWW.chungeoram.com

FUSION FANTASTIC STORY

서산화 장편소설

Miracle Direction

기적의 연출

천재 영화감독, 스크린 속 세상을 창조하다!

『기적의 연출』

대문호 신명일과 미모로 손꼽히던 여배우 김희수의 아들 신지호.
일가족은 불운한 사고로 인해 크나큰 비극을 겪는다.
이 사고로 섬광 기억(Flashbulb memory)이라는 능력을 얻게 된 그 순간!
그의 모든 게 달라졌다.

"배우의 혼을 이끌어내고, 관중의 영혼을 붙잡아야 합니다.
그게 제 목표입니다."

완전한 감독을 꿈꾸는 신지호.
이제 그의 영화가, 세상을 홀린다!

Book Publishing CHUNGEORAM

유행이 아닌 자유추구 -
WWW.chungeoram.com